パーティーメンバーに婚約者の愚痴を言っていたら実は本人だった件2

ぷにちゃん ILL.ひだかなみ

ラインハルト
乙女ゲームの攻略対象
騎士団長の地位を
約束されている
リュート
乙女ゲームの攻略対象
宮廷魔術師の地位を
約束されている
「「「ハンモック!?」」」
プリム
乙女ゲームのヒロイン
光魔法を使う
平民の女の子

ロゼッタ・フローレス
乙女ゲームの死亡フラグしかない悪役令嬢
闇魔法を使うAランク冒険者
「ふっふー、これぞ野宿の鉄則！」

「やっぱりいい!?」
(こんなところまで死亡フラグを立ててくるとは……ぐぬぅ……)

「これ、結構やばくないか？」
ルイ
乙女ゲームの攻略対象
勇者の称号を持つ
冒険者

「よかったら……お友達になってくれませんか？」
「ハイヨロコンデー」

パーティーメンバーに婚約者の愚痴を言っていたら実は本人だった件

2

ぷにちゃん ILL. ひだかなみ

contents

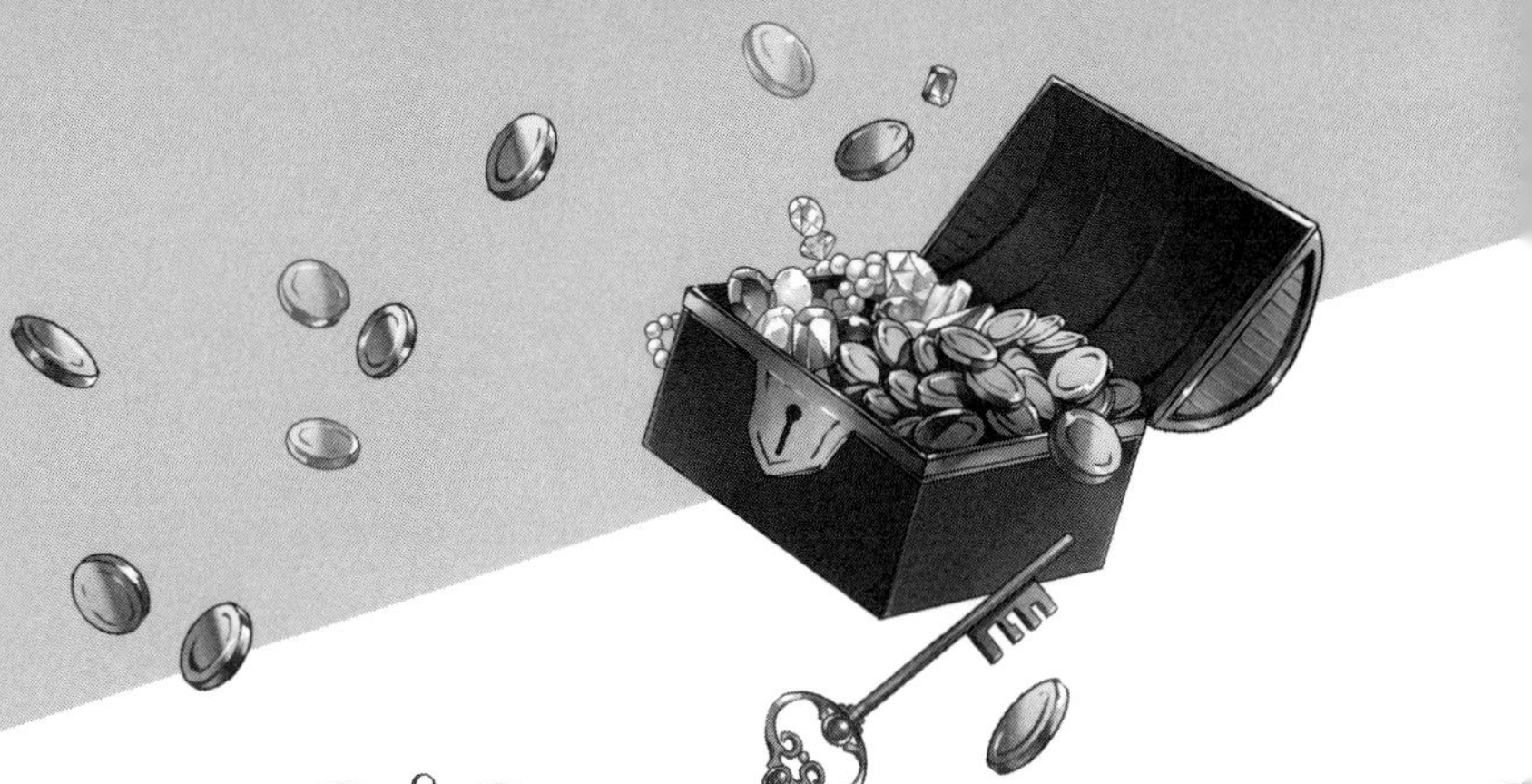

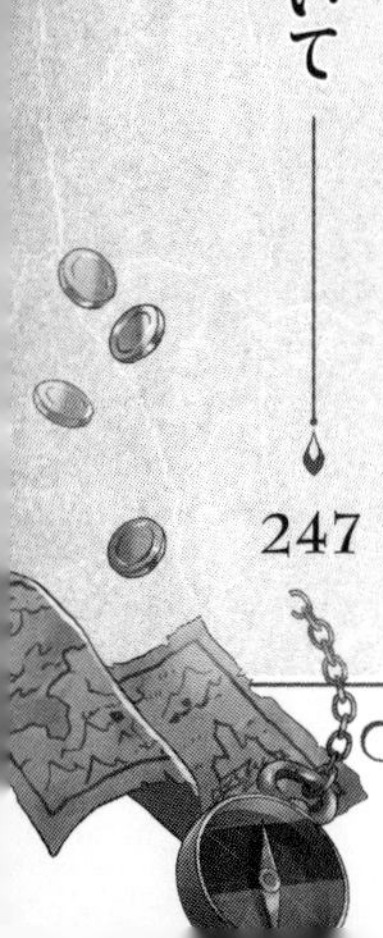

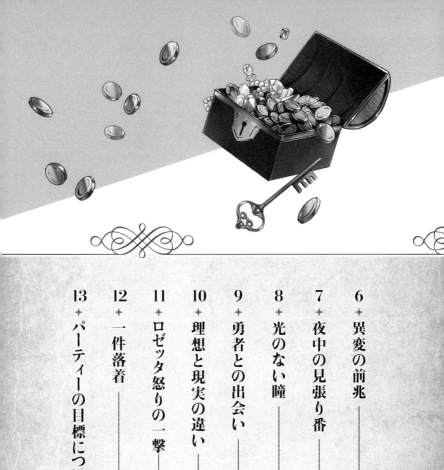

1 ✦ 始まりの日

朝は、クルルル～などという不思議な鳥のさえずりで目を覚ます。

窓から見える王都の街並みに鳥の姿はないけれど、屋敷の裏側がちょっとした森になっているので、そこから聞こえてくるのだ。

「ふわあぁぁぁ～」

ロゼッタはぐぐーっと伸びをして、ベッドからのそのそと這い出る。正直に言えば、あと少し寝ていたい。

「……でも今日はすっごく大事な日だから、寝坊は駄目だ」

窓を開けて、外の空気を思いきり吸い込む。

体調はいい。


死亡フラグ満載の悪役令嬢、ロゼッタ・フローレス。

天使の輪が輝く黒髪と、パッチリした赤色の瞳。

とても可愛らしい公爵家の娘として生を受けたけれど――その髪色の黒は闇属性を意味し、一部の貴族から忌避されている。

その理由は、魔王とモンスターに起因する。

闇属性の人間は、モンスターを操り人間を滅ぼそうとする魔王に近しい存在だと思われ、今までの歴史の中で、忌避されてきた。

ただ、今でもそう思っているのはほとんどが貴族だけで、平民が闇属性を嫌悪することは少ない。

しかしロゼッタは貴族の娘。

貴族は平民よりも闇属性を忌避する傾向が強く、ロゼッタ自身も子どものころから冷遇されてきた。

父は自分に理解を示してくれるようになったけれど、母とはまだわだかまりがある。いつか闇属性も恐ろしいものではないと知ってもらいたいと、ロゼッタはそう思っている。


そんなロゼッタも成長し、一六歳になった。

最初は自分が転生したことに戸惑いを覚え、死んでしまうシナリオに絶望していたが……冒険者となった今はこの世界での生活が楽しいと思っている。

仲間と一緒にギルドの依頼を受け、遠出をしてモンスターを山のように倒したり、指名依頼を受けたり、ロゼッタのポーションの早飲みに磨きがかかったり。

その成果もあり、冒険者としてはめちゃくちゃ強くなった。


なんと、Aランク！

ロゼッタだけではなく、仲間のルイとカインも同じAランク。
これはとてもとてもすごいことで、国に数人しかいないレベルなのだ。普通であれば、まだ一六歳の少年少女が達成できないような偉業だと言ってもいいだろう。

ロゼッタ・フローレス（ロゼリー）
レベル95　HP5950／5950　マナ3600／3600+100
魔法◆初級闇魔法【ダークアロー】　消費マナ：5
　闇の矢を出現させ、ダメージを与える。
中級闇魔法【ダークストーム】　消費マナ：15
闇の風を出現させ、ダメージを与える。
上級魔法【ダークネスレイン】　消費マナ50
闇の雨を降らせ、ダメージを与える。
固有魔法【夜の化身】　発動時消費マナ：30
思い描いた化身を出現させる。出現させている間は、一分ごとに10のマナを消費する。
装備◆月夜と炎の杖
使用した属性の魔法に火が追加される。火属性の魔法を使用した場合は、威力が1・5

倍になる。マナの総量＋100。


ロゼッタのレベルも95になり、かなり強くなった。

正直に言って、この国でロゼッタより強い者なんていないのではないか？　とすら、考えてしまう。

しかしここはゲーム世界。

いつ、どこで、何が起こるかわからない。

特にそう、まだ出会っていないゲームのヒロインの行動なんて考えただけで胃が痛くなってしまう。

「だけど、私はまだまだ強くなれる」

だからきっと、何があっても乗り越えて見せるのだ。


ロゼッタは窓の外をじっと眺め、その視線を一点で止める。

視線の先にある少し大きめな建物には、離れと広い校庭がある。

その正体は、今後ロゼッタが通う学園だ。

今日はそう――乙女ゲーム『フェアリーマナ』がスタートする日なのだ。

「ふー……」

朝食を終えたロゼッタは、自室の机に座り、組んだ手の上に顔を載せて目を閉じる。

（運命の日がやってきてしまった……）

ここから先は本当に気をつけなければ、うっかり死亡フラグが立ってあっけなくあの世へいくことになるだろう。


ヒロインと悪役令嬢の接触が比較的多かった場合。

攻略対象者たちに、『ヒロインをいじめている』と誤解されてしまい……最終的には、事故死。

悪役令嬢の行動が目に余るものだった場合。

『闇属性のくせに図々しい！』と令嬢たちから妬みを買い……結果、闇属性を忌避している貴族に目をつけられ暗殺される。

悪役令嬢が孤立してしまった場合。

単独行動を行うと……モンスターとの戦闘時、味方がおらず殺されてしまう。

これは大筋だけれど、ほかにもいくつか悪役令嬢ロゼッタの死亡フラグはあったはずだ。

「いやはや、我ながらすごいね！」

嫌な汗が頬を伝う。

今までにロゼッタがやってきたことといえば、死亡フラグを回避するため強くなる……ということ。

こんなことで回避できるのか!?　という不安は大きかったけれど、前半にある死亡フラグは基本的になんとかなるものだ。

なんとかなるというのは、物理的に防ぐことや、挽回が可能ということだ。

今のロゼッタであれば暗殺者にもそうそう後れはとらないだろうし、モンスターにいたっては負ける気がしない。

ただ、エンディングイベントは要注意だ。

バッドエンドの死刑と、友情エンドの国外追放からの事故死。この二つであれば、どうにか生き残ることもできるかもしれない……と、考えている。

しかし、ハッピーエンドは――


ハッピーエンドルートの悪役令嬢は、病死。


こんなの、努力だけではどうしようもない。

(回避のしようがないよね……)

健康に気をつければいいかもしれないが、公爵家ということもあり体にいい食事、適度な運動、たっぷりの睡眠……今のところ、ロゼッタは病気になる要素がない。

けれどきっと、シナリオ通りなら病気になって死んでしまうのだろう。

「解決策は、医師と仲良くなっておくこと……かなぁ？」

と言いつつも、公爵家には専属の優秀な医師がいる。

それよりさらに腕のいい医師となると、それこそ王城に務めている国王の主治医くらいしか思い当たらない。

「つまり私が辿り着かなければいけない終わりは……バッドエンドか、友情エンド！」

個人的には、どちらかといえばみんな平和そうな友情エンドがいいな……と、ロゼッタは思っている。


「……ふう」

ロゼッタが一つ息をつくと、ちょうど部屋のドアがノックされた。続いて、侍女のナタリーの声が響く。

「ロゼッタ様、そろそろ学園に行かれるお時間ですよ」

「え、もう⁉」

ナタリーの言葉に、心臓がきゅっとなる。

（落ち着いて、手のひらに一〇回くらい『人』って書いて飲み込めばなんとかなる‼）

ロゼッタが慌てて人の字を飲み込んでいると、ナタリーが「何をしているんです？」と首を傾げている。

（恥ずかしいところを見られてしまった……）

後ろに手を隠しつつ、ロゼッタは「緊張しないおまじない」と苦笑する。

「今日は学園の入学式ですからね」

ナタリーは「私も緊張してしまいます」と言って微笑んだ。


ロゼッタの侍女をしている、ナタリー。

幼いころから専属メイドとして勤めてくれている、優しいお姉さんだ。昔は距離があったけれど、今では家の中で一番信頼できる相手だ。

ロゼッタが冒険者をしていることも伝えてあり、よき理解者でもある。


「本日のスケジュールは覚えていますか？」

ナタリーが用意してくれた通学鞄を受け取りながら、ロゼッタは大きく頷く。

「もちろん！　入学式があるだけで、授業は明後日からだよね？」

「はい」

なので、今日は比較的早く帰ってくることができる。

「あ……」

「ん？」

ふいに呟いたナタリーの声に、ロゼッタは首を傾げる。

「もしかして、どこか変なところでもあった？」

ロゼッタが着ているのは、学園の制服だ。

白を基調としたデザインになっていて、襟はグレーのセーラータイプ。胸元にはシンプルな黒のリボンがついていて、スカートは膝下丈。

しかしこの制服、可愛いだけではなく防御力が高い。おそらく、駆け出しの冒険者の装備より、制服の方が性能もいいだろう。

さすがは王侯貴族の通う学園の制服……と、いったところだろうか。

ロゼッタがくるんと回転して制服を見せると、ナタリーは「変なところはございません！」と慌てて首を振った。

「その、私は……」

「うん？」

どうにも歯切れの悪いナタリーに、ロゼッタは「なんでも言ってよ」と笑顔を見せる。

「その……桃色のウィッグはつけないのですか？」

意を決して口にしてくれたようで、ナタリーは不安顔だ。

（そっか……やっぱり気になる、よね）

苦笑しながら、自分の黒髪に触れる。


——今、ロゼッタはウィッグをつけていない。


普段は闇属性であることを隠すために、桃色のウィッグをつけている。なので、ナタリーは学園にもウィッグをつけていくと思っていたのだろう。

しかし、今のロゼッタは天使の輪が輝く黒髪のまま。

「まあ、家のことを考えたらウィッグをつけた方がいいよね」

それはロゼッタもわかっている。

しかし、それでは駄目だと最近は思うのだ。

「闇属性は、別に何も悪くないんだよ。だから私は、このままでいくの。そうすれば、私と同じ闇属性の子が、これから先……ちょっとは生きやすくなるかもしれないから」

自分の家族とだって上手くいってないのに、偉そうなことを言うなと思われるかもしれない。

でも、闇属性だけが忌避される世の中は嫌なのだ。

——なんて、柄にもなく格好つけてしまっただろうかと、ロゼッタは苦笑する。

しかしナタリーは首をぶんぶん振って、「さすがはロゼッタ様です！」と感動して瞳を潤ませる。

「ほかの人を自分のことのように考えることができるのは、とってもすごいことなんですよ」

簡単にできることではありませんと、ナタリーはロゼッタのことを誇らしく思ってくれたようだ。

「……さ、ロゼッタ様。馬車が待っていますよ」

「うん！」

ロゼッタは気合を入れてから、ナタリーの言葉に頷いた。

馬車に揺られて一五分ほど。

ロゼッタの前に、乙女ゲームの舞台である『クレスウェル王立学園』が姿を見せた。

水色の屋根に、オフホワイトの校舎……そして学園の門から玄関の間には、妖精をシンボルにした噴水を中心にシンメトリーの美しい庭園がある。

奥には広い校庭と、鍛錬場も併設されているようだ。

今日は学園の入学式で、希望を抱いて登校してきている新入生が初々しい。

ロゼッタが門の前で馬車を下りると、ちょうどルイ――ルイスリーズとカインがやってきた。

「おはよう、ロゼッタ」

「ルイ！　――じゃなくて、ルイスリーズ様。おはようございます」

（いけない！　学園では公爵令嬢ロゼッタとしてお淑やかにしなきゃいけないんだった！）

ロゼッタは冒険のパーティーメンバー兼、自分の婚約者であるルイスリーズに公爵令嬢の微笑みを向ける。

今は公爵家の令嬢なので、冒険者のロゼリーとして接するわけにはいかないのだ。


この国の王太子でロゼッタの婚約者、ルイスリーズ・クレスウェル。

透き通るような金髪の髪に、青色の瞳。容姿端麗なルイスリーズは、この乙女ゲームの攻略対象キャラクターの一人だ。

ロゼッタと一緒に冒険のパーティーを組んでおり、信頼している仲間でもある。パーティーでは剣を持ち、前衛を務めてくれている。

おそらく、一番ロゼッタの無茶ぶりに付き合ってくれる人だろう。


そしてもう一人、ルイスリーズの後ろに控えているカイン。同じく冒険者仲間の一人で、今まで多くの苦楽をともにしてきた。

「おはよう、ロゼリー。ちゃんとしてる二人を見るのって、なんだか新鮮だ……って、俺も従者になったんだから『新鮮ですね』と、『ロゼリー様』か」

冒険者であるカインは普段、丁寧な言葉遣いはしない。しかし今はルイスリーズの従者なので、敬語を使わなければならず頑張っているようだ。


ルイスリーズの従者として学園へ通うことになった、カイン。

毛先だけ青色の黒髪と、金がかった黒色の瞳に尖った耳。

長く冒険者をしていたこともあり、カインはいろいろな知識に長けている。

そしてここにはいないカインの相棒、もふもふのネロ。黒い狼で、ロゼッタはいつももふもふしたいと狙っているのだが、それが実現したことはあまりない。

そして秘密が一つ。

実はカイン、この世界を滅ぼすと言われている魔王なのだ。

今は封印されているので、誰もカインが魔王だということに気づいてはいないけれど……もし封印が解けてしまったら、国を挙げて魔王討伐隊が組まれてしまうだろう。

このことを知っているのは、前世の――ゲーム知識のあるロゼッタだけ。

カインは大切な仲間なので、ロゼッタはその封印が一生解けなければいいと思っているし、もし何か起きたら全力で助けるつもりだ。


そんなカインは今、従者としての言葉遣いに悪戦苦闘している。普段はカインが冒険者の先輩としていろいろ教えてくれていたが、立場が逆になってなんだか新鮮だ。

「言葉遣いだが、俺じゃなくて『私』の方がいいぞ？」

「私……わかりました」

まだまだ不慣れなカインに、ルイスリーズからアドバイスが入る。

「私もここだとロゼリーじゃなくて、『ロゼッタ』ですよ」

「あ、そうでした。よろしくお願いします、ロゼッタ様」

そう言って礼をしてみせるカインに、ロゼッタはくすりと笑う。

「ネロは？」

「さすがに学園には連れてこれないので、宿で留守番です」

「もふもふしたかったから、残念だわ！」

令嬢のように振舞いこそすれ、ロゼッタの思考はいつも通りで、カインは思わずくすりと笑う。


三人は、一二歳のときに出会った。

身分を隠し冒険者をしていたロゼッタとルイスリーズが、冒険者ギルドで偶然居合わせるというところから始まった。

各自ソロでは厳しそうということもあり、共同でウルフ討伐の依頼を受けたのだが……途中、一角ウルフに襲われピンチになったところをカインに助けてもらったのだ。

それをきっかけに、ロゼッタとルイスリーズはお互いが婚約者だと気づかないまま、カインと三人でパーティーを組むようになった。

以降は楽しく冒険をしていたのだが――そのころのロゼッタは家との関係も今より悪く、こっそり抜け出して冒険をしている状態だった。

……まあ、実はそれは今も変わらないのだが。

家族と上手くいかないのに加えて、婚約者も自分をよく思っていないことに苛立ち……思わず二人にグチグチ喋っていたら――

なんと、ルイスリーズがロゼッタの婚約者だったことが判明するという珍事件が起きた。

死亡フラグ満載の悪役令嬢に転生したロゼッタだけれど、今のところあのときが一番ハラハラして大変だったと言っていいだろう……。

というなんやかんやがあり、ロゼッタとルイスリーズが実は王侯貴族であることがわかってしまった。

では、王侯貴族だと何があるのか？

ロゼッタとルイスリーズは学園に通わなければならず、今まで通り三人＋一匹で冒険をしていくことが難しくなってしまうのだ。

けれどそれは、なんだか寂しい。

ロゼッタもルイスリーズも、変わらずカインたちとパーティーを組んでいたいと思っていた。

そこで話し合った結果、カインをルイスリーズの従者として一緒に入学させてはどうか？　ということになったのだ。

そうすれば一緒に学園に通い勉強できるだけではなく、カインには従者兼護衛としての給料が発生する。従者になることは、カインにとってはいいことづくしなのだ。

カイン自身も学園で勉強できることを喜んでいた。

というのにロゼッタは――「え、学園に行かなくてもいいのにわざわざ入学して勉強したいの⁉」と言ってしまいカインに冷めた目で見られ――いや、この話はやめておこう。


「カインも制服姿、似合ってるね！」

「サンキュ――ありがとうございます。二人が学園に通うようになったら、私は一人で依頼をこなすしかないかと思っていたので……一緒に通えて嬉しいです」

ロゼッタが褒めると、カインはちょっと照れるように笑いながら喜びの言葉を口にした。

「まあ、私のことはいいとして――ロゼッタ様は、黒髪でいいの？」

「それは私も思ってた」

カインの言葉に、すぐさまルイスリーズも反応した。

「いいのよ。どうせそういうのを気にする貴族たちには、わたくしが闇属性だっていうことはばれているもの」

桃色のウィッグをつけたとしても、陰で何か言われるのだ。だったら、逆に開き直って堂々としてやる。

「あ、でも……そのせいで二人にまで迷惑をかけるのは嫌ね」

特にルイスリーズはロゼッタの婚約者だ。

ルイスリーズに何かしようという貴族はいないだろうが、ロゼッタのせいで評価が下がってしまうのはよろしくない。


この世界――というか一部の貴族は、闇属性を忌避している。そのため、ロゼッタも幼いころは外へ出ることもできず、家の中でも嫌な目を向けられていた。

けれど、冒険者になり――その認識は変わった。

闇属性の冒険者は多くはないが一定数いたし、ロゼッタが闇属性だと知っても、驚かれはするがあからさまに邪険にされるようなことはなかった。

ルイスリーズはロゼッタが闇属性であることがバレないように気遣ってくれているけれど、知っている人はロゼッタが闇属性だということは知っているのだ。

特に、情報収集に長けている上位貴族ほど。

なので、ウィッグをつけないのは開き直っているからというのも理由の一つかもしれない。

(でも、これはルイが私の味方でいてくれてるからできるんだよね)

おそらく一人だったら、桃色のウィッグをつけて隅で小さくなっていたはずだ。

そう考えると、ルイスリーズとカインが一緒にいてくれることのなんて心強いことか。思わず、じんわり涙がにじみそうだ。

（年を取るって怖い！）

ついつい涙もろくなってしまう。

まだ一六歳だろう何を言っているんだとツッコミが入るところだけれど、前世の記憶があるので今の倍以上の人生経験がある。


ロゼッタが眉を下げると、ルイスリーズは笑った。

「お前が闇属性であることで、迷惑がかかることは一つもないから安心してくれ。仮に何かあったとしても、それはロゼッタじゃなくて相手が悪い」

だから堂々としていていいのだと、ルイスリーズは言う。

「それに……今すぐには難しいかもしれないが……」

「……？」

ルイスリーズは一呼吸おいて、ロゼッタを見た。

「私は、闇属性を忌避する考えを変えたいと思っているんだ」

その言葉に、ロゼッタとカインは目を見開いた。

平民こそあまり闇属性を気にはしていないけれど、闇属性を忌避している貴族たちを説得するのは――正直、難しいからだ。

（でも、ルイの目は真剣だ……）

本気でやるつもりなのだろうということが、伝わってくる。

同時に、ルイスリーズも自分と同じ心根だったことをとても嬉しく思う。

「いつかきっと、ロゼッタだけじゃなく……闇属性全員が堂々としていられる国を作ってみせる」

だから胸を張って、前を向けと、ルイスリーズがロゼッタの背中を押してくれた。

「それにどうせ、授業が始まったら闇属性だっていうことはばれるんだ。気にせずいこう」

「私だって、ロゼッタ様とルイスリーズ様の味方です！」

そう言って笑う二人に、ロゼッタは胸を締めつけられる。一人じゃないだけで、こんなにも心強い。


「――ありがとう、二人とも！」


なんていい仲間を持ったのだろうか。

（これから先、二人がいれば死亡フラグが立ってもきっと大丈夫！）

ロゼッタはテンションを上げて、入学式の行われるホールを指さす。

「行こう！」

「ああ」

「うん」

――さあ、今からゲームスタートだ。


入学式が行われるホールは光の妖精をモチーフにしたデザインで造られていて、中は太陽の光をふんだんに取り入れることができるようになっている。

前方の広い壇上には色鮮やかな花が活けられ、その後ろに教師たちが並んでいる。生徒たちは壇の下に並んだ椅子に座って、式の開始を待っている。

特に席順は決まっていないようなので、ロゼッタたちは三人並んで座った。


『クレスウェル王立学園』

乙女ゲーム『フェアリーマナ』の舞台である学び舎で、王侯貴族と一部の平民が通う。

王侯貴族の場合は書類の提出のみだが、平民は入学試験を受ける。その際、成績がよいと授業料の免除など優遇されることもある。

そのため、通う平民は優秀な人物が多いことも特徴の一つだ。

魔法の授業や、モンスターと戦う実践の授業も取り込まれている。

生半可な気持ちで通っていい場所ではないのだが、その分、卒業後の進路も安定しているのが特徴だろうか。

つまりここは——エリートな魔法学校なのだ。

（ふー……）

ロゼッタは心の中で大きく深呼吸をして、じっと壇上を見る。

（これから乙女ゲームが始まる）

きっと、この場所にヒロインやほかの攻略対象もいるのだろう。できる限り、可もなく不可もない関係を築いていきたいと思っているが……どうなることやら。

「どうした、ロゼッタ。緊張しているのか？」

いつになくロゼッタが真剣な表情だったからか、隣に座っているルイスリーズが心配そうにこちらを見ていた。

「——！　ルイ……スリーズ様」

「お前な……いや、もうルイでいい」

「ルイ様？」

「そうそう。婚約者なんだから、愛称で呼んだっていいだろう？」

今後、変に呼びためらわれた風になってしまう方が面倒だとルイスリーズが苦笑する。

（いつもルイって呼んでたからぁ……）

そう簡単に癖は治りそうにないと、ロゼッタは素直に甘えることにした。

「じゃあ、ルイ様。うん、これなら間違えなくてよさそうです！」

ロゼッタはにぱっと笑い、今さっきまでの深刻な空気を吹っ飛ばす。

（私には頼もしい仲間が二人いるんだから、ゲームが始まってもきっと大丈夫！）


——なんて思った自分が、馬鹿だった。


そつなく入学式が終わり、後は学園ライフが待っているだけだと思っていたのに。教師の一言に、ロゼッタは頬がひきつった。

「明日はクラス分けの試験がありますから、みなさん必ず登校してくださいね。午前中に筆記と実技のテストを行い、午後にクラスを発表します」

（筆記試験〜〜〜〜っ⁉）

すっかり失念していた。

そういえば、そんなお知らせも来ていたような……と、ロゼッタは遠い記憶を思い出す。

（ゲームではクラスが決まってたから、クラス分けのテストがあるなんてまったく考えてなかった‼）

ロゼッタは死亡フラグから生き残るため、冒険者になった。

強くなった。

きっとこの国でロゼッタに勝てる者は、そうそういないだろう。

しかしその分――勉強をおろそかにしてしまっていたのだ。


――運命のクラス分けテストまで、あと一日。


何事もなく入学式を終えたロゼッタたちは、学園の中庭に三人集まって作戦会議を始めた。

なんの作戦会議かって？　もちろん、テスト対策に決まっている。

しかしそう思っているのは、ロゼッタだけ。


「私はルイスリーズ様の従者なので、テストは受けますが自動的にルイスリーズ様と同じクラスになります」

――とは、カイン談。

「前に過去問を見たが……そんなに難しいテストじゃなかったから、問題ないと思うぞ」

――とは、ルイスリーズ談。

（え、テストのことで焦ってるのって私だけ？）

ロゼッタの背中を、嫌な汗がダラダラ流れる。

一緒に冒険をしてきて、自分だけテストの出来が悪いなんて格好悪い。というか、恥ずかしいという気持ちが込み上げてくる。

（もっとちゃんと勉強しておけばよかった……）

穴を掘って入りたい。

（私に土属性の魔法が使えたら、すぐにでも地面の中に隠れるのに……）

なんて考えて現実逃避をしてしまう。

学園のクラスは、上からA・B・C・D・Eの五クラスで構成されている。

家柄などは関係なく完全な実力順なのだが、上位貴族は幼いころから勉強に力を入れることができるため、Aクラスになることが多い。

（ゲームでは全員一番上のAクラスだったんだよね……もちろん、悪役令嬢ロゼッタも）

つまり試験の成績が悪く、A以外のクラスになってしまったら笑えないのだ。もしロゼッタ一人だけ別のクラスになったら……と考えると、震える。

しかもロゼッタの場合、家で家庭教師から勉強を教えてもらっていたのは主に化身……たまにはちゃんと勉強していたけれど、かなり不安だ。

(ゲームのロゼッタは、冒険者なんてしないで勉強してたんだもんね……)

ルイスリーズは王太子だし、ロゼッタのように替え玉を使っていたわけではないので、本人が言った通り学力だって問題ないだろう。

なんだかんだで、カインも勉強熱心なところがある。冒険者として必要な知識を始め、いろいろなことに詳しい常識人だ。

(二人とも普通に勉強できる人種じゃん……)

黙りこくってしまったロゼッタを、ルイスリーズが不思議そうな顔で見る。

「なんだ、入学式は終わったというのに……まだ緊張しているのか?」

「……いや、テストが」

「テスト？　言っただろう、そんなに難しいものは出ないはずだ。ロゼッタだって普段から家庭教師に習っているのだから——……」

大丈夫だろう、そう続けようとしたのだが、ルイスリーズの頭にロゼッタは本当に勉強をしていたのか？　という疑問が浮かぶ。

ルイスリーズは冒険者をしていても、王太子の執務や勉強などを行っていた日もあったが、ロゼッタは毎日のように冒険者として狩りをしていた。

あ、こいつ全然勉強してないぞ——☆

という結論を出すには十分だった。

ルイスリーズは顔を青くして、隣にいるカインへ視線を向けた。カインも、同じように青い顔をしている。

どうやら、二人とも考えていることは同じようだ。

「テストは明日だから、どうにか一夜漬けで乗り切るぞ！」

「場所は……俺が借りてる宿の部屋でもいいけど」

まったく想定していなかった緊急事態に、二人とも口調が素に戻っている。

ルイスリーズは慌てて脳内で勉強配分を考え、カインはすぐに帰れるように荷物などをまとめ始めた。

「あ、ありがとううぅぅぅ」

ロゼッタは涙ながらに感謝を伝え、「私は何をすればいいかな!?」とソワソワしていると、ルイスリーズに「大人しくしてろ」と言われたのでお口にチャックをする。

「――っと、慌てすぎたな。カイン、宿に勉強道具はあるか？」

「入学前の勉強用にと、ルイスリーズ様からいただいたものがあります」

「よし。なら、それも使えそうだ」

一晩あればなんとかなる！　いや、なんとかしなければならない。

ルイスリーズとカインがこちらを見てきたので、ロゼッタはすぐさま頷いた。

「頑張る！」

ロゼッタがぐっと拳を握って気合を入れると、ルイスリーズが頷いた。

「王太子の婚約者がBクラス以下なんて、恥もいいところだが――それよりなにより、闇属性だからと悪く言われて傷つくのはお前だ。絶対にAクラスになれ！」

「……お、おう！」

「学園ではもう少しお淑やかに返事をしてくれ……」

勇ましいロゼッタの返事に、ルイスリーズは大変な学園生活になりそうだ――と、天を仰いだ。

（悪役令嬢をするつもりはないけど、お馬鹿な公爵令嬢はもっと嫌だ！）

心の中で絶叫し、ロゼッタたちは急いで学園を後にした。

2 ✦ 一夜漬けのテスト勉強

ロゼッタたち三人は、一夜漬けでテスト対策をするためカインが泊まっている宿へやってきた。

家にはロゼッタの代わりに、固有魔法【夜の化身】を使い自分の化身――いわゆる分身を帰らせてあるので安心だ。

ルイスリーズも側近に連絡を取り、問題なく一夜漬け勉強会ができることとなった。


宿屋の二階の角が、カインの借りている部屋だ。

カインが一二歳のころから使っている宿で、もう四年以上になる。宿のおかみさんも、カインによくしてくれていて、ロゼッタも何度か来たことがある。

『わふぅ～！』

「あ、ネロ！　ただいま～！」

ロゼッタたちがカインの部屋へ入ると、可愛いお出迎えがあった。お利口さんに留守番をしていた、黒狼のネロだ。

もふもふがたまらずロゼッタが抱きつこうとすると、カインからすぐにストップが入る。

「ロゼリー、そんなことしてる余裕はないでしょ」

「ハイスミマセン……」

ドスの利いたカインの声に、ロゼッタは体がきゅっと縮み上がる。真面目に勉強をしなければ、パーティーメンバーから見捨てられてしまうかもしれない。

「頑張ります！」

　こうして、恐怖の一夜漬けの勉強会が始まった――。


「違うロゼリー――じゃない、ロゼッタ様！　国の歴史はともかくとして、初代国王の名前くらいは覚えておいて……！」

「は、はいっ！」

　貴族の常識じゃないの⁉　と、カインが顔を引きつらせる。隣にいるルイスリーズは、若干あきらめている節すらある。

（ううう、私のお馬鹿～～！）

「狩り関係だったらまああ自信があるんだけど……」

「そういった問題も出るには出るが、そっちは実技試験があるからそこまで重要視はされていないんだ」

　ロゼッタの呟きに、ルイスリーズが返事をする。

「そうだよね……実技試験なら、そこそこ自信もあるんだけど……」

　むしろ今のロゼッタであれば、ぶっちぎりの首席合格でも夢ではないのでは？　と思ってしまうほどだ。

とはいえ、それは実技だけの話で……。

「は〜〜人生ままならない……」

「ロゼッタ様はもうちょっと頑張りなよ……」

「うぅ、わかってるよ」

ロゼッタは頬を手で思いっきり挟んで、気合を入れ直した。


しかし調子よく進んでいたのは、最初の数時間だけだった。

「うぅ……目がかすむ……」

ロゼッタはそれでも目を擦りながら、どうにか教科書に向き合う。壁の時計を見ると、深夜の二時を回ったところだ。

ベッドの上ではネロが気持ちよさそうに寝ていて……そこに混ざりたいという気持ちがどんどん大きくなってくる。

すると、ことりと音がして目の前にコップが置かれた。

「ちょっと休憩した方がよさそうだね」

「カイン〜！　ありがとう」

「結構頑張ったからな」

「ルイ〜！」

二人の言葉に、ロゼッタはぱあっと表情が輝く。

コップを手に取ると、温かな水――いや、お湯が注がれていた。

「これはいったい……」


「白湯」


「さゆ……」

間髪を入れずに返事をしたカインは笑顔で、ロゼッタは思わず息を吞む。

てっきり紅茶や美味しいスープなどが入っているのでは……と期待していたのだが、まさかただのお湯だとは思わなかった。

白湯と言えば格好いいと思いやがって……！

「もう少しで復習箇所が全部終わるから、それまでの辛抱だよ」

「あと一項目だから、一時間もあれば終わるだろう。一夜漬けとは言ったけど、さすがに徹夜で試験に臨むのはよくないからな」

最低限の体調を整えておくというのも、大切なことの一つだとルイスリーズが言う。

ルイスリーズとカインが自分のことを応援してくれているのがわかる。

（二人だって入学式で疲れてるだろうし、眠いよね……）

ロゼッタが気合を入れるために白湯を一気飲みし、「よしっ！」と声をあげる。

「ラストスパート、頑張るからよろしく！」

「「もちろん！」」


一夜明けて、クラス分けテスト当日。

ロゼッタは数時間の睡眠を経て、学園へ登校した。

試験は一年生の教室で行われるようで、ロゼッタたちは案内された席に着いた。

（は〜〜緊張する……っ！　一夜漬けだけどルイとカインから合格点はもらえたし、大丈夫なはず！　はず……だよね⁉）

不安になりつつ待っていると、魔女のようなとんがり帽子をかぶった先生が試験用紙を配り始めた。

そろそろテストが始まるらしい。

すると、隣の席のルイスリーズが「大丈夫！」と声をかけてきてくれた。

「朝も軽く復習したけど、ちゃんとできてたから問題ないだろう」

「ルイ様！　ありがとうございます。ルイ様に言われたら、絶対に大丈夫な気がします」

仲間からのエールに、ロゼッタの頬が緩んだ。

こわばっていた体の緊張がとけて、ロゼッタはゆっくり深呼吸をする。思っていたよりも、落ち着いているし、眠気もない。

「それでは、テストを始めてください」

先生の言葉が静かな教室に響き、筆記試験が始まった。

見てみると、昨日カインに怒られたばかりの『初代国王の名前は？』という問題だった。小さく噴き出してしまったのは、許してほしい。

（一問目は……っと）

カインのおかげで、この問題は絶対に忘れない。

ロゼッタが笑いをこらえながら書いていると、後ろから教師にぽんと肩を叩かれた。

「どうされましたか？　フローレス」

「あっ、なんでもありません‼」

先生にばれてしまい、ロゼッタは慌てて「すみません」と謝罪の言葉を口にする。

するとすぐ、ほかの生徒たちの視線が突き刺さる。闇属性というだけで元々注目の的だったというのに、これでは見世物のようだ。

ロゼッタが小さくため息をつくのと同時に、ルイスリーズとカインもやれやれとため息をついていた。

きっと前世を含め、これほど気合を入れて受けたテストはなかっただろう。

解答用紙が回収されたロゼッタは、机に突っ伏して燃え尽きていた。やりきったのだから、どんな結果になっても悔いはない。

（いや、Ａクラスじゃなかったら悔やんでも悔やみきれない）

ルイが試験に出そうなところを復習してくれていたので、なんとかなった。おそらく赤点にはならなかっただろう……。

「はー……やりきった」

手元に残った問題用紙にはあーでもないこーでもないと、ロゼッタの考えた答えらしき走り書きがしてある。

カインはそれを見て、「うわ」と思わず正直な感想が口から出てしまった。

「ロゼッタ様はもう少し勉強しなよ……」

「…………はい」

「今後テストで赤点取ったら、冒険は休みにするからね」

「精一杯頑張らせていただきます‼」

音速で頷くしかなかった。

「よーし、ここからは私の時間ね‼」

ドヤ顔のロゼッタは、スキップしそうな勢いで実技試験が行われる鍛錬場へ向かう。

「ねぇねぇ！　実技試験って、どんなことするのかしら」

ロゼッタが後ろを歩くルイスリーズとカインに声をかけると、ルイスリーズが「そうだな……」と口を開く。

「基本的に、各自の戦闘スタイルに合った試験をするはずだ。私みたいに剣を使うのであれば、教師が相手になる。ロゼッタみたいに魔法がメインであれば、的が用意されているはずだ」

「そうなのですね～」

ルイスリーズの説明を聞いて、ロゼッタはふむふむと頷く。

（自分の得意分野を見てくれるっていうのは、いいね！）

もしこれで試験が持久走やら筋力やらを見ますと言われてしまったら、笑えない。ロゼッタは魔法の腕はぴか一だが、体力面ではダメダメなのだ。

気合が入るロゼッタとは反対に、ルイスリーズは心配そうな表情をしている。

「闇魔法、使うんだろ？」

「……うん！」

ルイスリーズの問いに、ロゼッタは力強く頷く。

ロゼッタは大きく深呼吸すると、にっと笑いながら作戦を伝える。

「ここはやっぱり大技でみんなの度肝を抜こうかと……！」

ロゼッタが使える一番強い魔法は、闇の上級魔法【ダークネスレイン】。

闇の雨を降らせる魔法で、ゴブリンの集落程度であれば簡単に潰すことができる。

中級冒険者が数人がかりで数日かけて行うものを、たった一人で、しかも一瞬で終わらせてしまうのだから――その威力のすさまじさは言うまでもないだろう。


ロゼッタの作戦を聞いたルイスリーズとカインから、すっと表情が消えた。


あっ、これはやばいぞとロゼッタも本能で察した。

「まさか、そんな、冗談だよ。さすがに上級魔法だと驚かせちゃうと思うから、中級魔法あたりにして凄さを――」

「アホか！　一番弱い魔法にしておけ」

「ロゼッタ様、寝言は寝ていいなよ？」

「おっふ」

まさかここまで言われるとは思わなかったと、ロゼッタは口を噤む。

（でも【ダークアロー】なんて撃って、しょぼい魔法（笑）、みたいにならないかな……）

なぜなら、中級の魔法までなら冒険者ギルドで教えてもらうことができるからだ。

ロゼッタがどうにかこうにか考えていたら、突き刺すような視線を感じた。

「ロゼッタ？」

「ロゼッタ様？」

「ひぇっ、わかった、わかりました〜〜っ！」

二人の圧がすごくて、ロゼッタは逃げるように鍛錬場まで走り出した。

閑話　娘に闇属性の魔法書を託した日

「……ロゼッタは、上手くやっているだろうか」

ロゼッタの父親、グラート・フローレスは席から立って窓の外を見る。視界に映るのは、『クレスウェル王立学園』だ。

ちょうど今、ロゼッタがクラス分けの試験を受けているころだろう。

（まさか自分の娘のことで、こんなに頭を抱えたくなる日がくるとは思わなかった……）

グラートがどこか遠い目をしていたからか、「どうかしましたか？」と部下が声をかけてきた。

実は、王城の執務室で仕事をしているところだったのだ。

グラートは罰の悪そうな顔を部下に向けた。

「ああ、すまないね。娘が学園に入学したものだから気になって……」

「そういえば、今日はクラス分けの試験日ですね」

部下の言葉に、グラートは頷く。

社交界にほとんど出たことのない娘が、学園で上手くやっていけるだろうか——と、父親らしい心配をしているのだ。

（いや、今までロゼッタを冷遇した私が心配するというのは虫がよすぎるか）

ロゼッタが家で冷遇されるようになったのは、彼女が闇属性であり、その闇属性が貴族――特に妻アマリリスの実家で忌避されていることが原因だ。

（ロゼッタに魔法の才能があると知ったとき、応援してやりたいと思ったが……）

しかし、そういった家の事情があって大手を振って応援してやることはできなかった。

かろうじてできたことといえば、『月夜と炎の杖』の使用許可を出すことと、ときおり屋敷を抜け出していることに目をつぶるくらいだろうか。

そんなグラートがロゼッタにしてあげた一番のことといえば、闇属性の魔法書を渡したことだろう。

それは、一年ほど前に遡る――。

「シャルティアーナ王女を救出し、Aランク冒険者の地位にまで上り詰めた……か」

グラートは自室の椅子に深く座り、ロゼッタに関する報告書に目を通していた。まさか、自分の娘がそんなに強くなっていたなんて……と。

しかもシャルティアーナ王女を攫った相手は、騎士たちが束になっても敵わなかったモンスターだ。

それを倒してしまうなんて、控えめに言ってチョットオカシイ。

「……ついに、この魔法書を渡すときがきたのかもしれないな」

グラートは机の奥深くにしまっておいた魔法書――闇属性の魔法書を取り出した。

この魔法書は、闇属性の初級から上級魔法まで覚えることができる。

ロゼッタはいつの間にか冒険者になり闇属性の魔法を使えるようになっていたけれど、上級の魔法書はそう簡単に手に入るものではない。

「とはいえ、究極の魔法書になると、ほしいと金を積んでも手に入るものでもないからな……」

公爵家の力をもってしても、手に入れることは不可能なのだ。なので、それはグラートの手元にもない。

「ふー……」

深く呼吸をして気持ちを落ち着かせ、グラートは執事を呼ぶためにベルを鳴らした。


そして執事に呼んでこさせたのは、ロゼッタだ。

「……失礼します」

困惑した様子のロゼッタを前に、グラートはどう話を切り出そうか悩む。

(私がロゼッタをこうして呼び出して話すのは、片手で数えられるほど……)

それではロゼッタが困惑をするのも当たり前だ。

ここは、ストレートに伝えてしまうのがいいかもしれない。そう結論付けたグラートは、「これを」とロゼッタに闇属性の魔法書を差し出した。

「え……？」

ロゼッタはといえば、やはり突然のことに驚いている。

驚いてはいるが、その目はギラギラし魔法書にくぎ付けになっている。その様子に、グラートは少し頬を緩ませた。

（初めて……ロゼッタの子どもらしい一面を見た気がするな）

「これを、私に？」

「ああ」

グラートが頷くと、ロゼッタはゆっくりこちらに歩いてきた。

本当に？　と、まだ半信半疑なのだろう。

「とある伝手から手に入れてね。今のロゼッタなら、使いこなすことができるだろう」

プレゼントだよと気の利いたことを言えたらよかったのだけれど、どうやら自分にそれは無理そうだ。

今はただ、こうして距離がちょっとずつ縮まっていっていることが嬉しい。

「――っ、ありがとうございます、お父様！」

ロゼッタは花がほころぶように笑い、魔法書を大切そうにぎゅっと抱きしめた。

グラートはそんな娘の様子を見て、思わず目頭を押さえる。

(娘の笑顔を見ただけで涙が出そうになるなんて、重症だな……)

しかし同時に、ハッとする。

「ロ、ロゼッタ！　その魔法書の魔法が使えたとしても、人が多いところで使ってはいけないよ。力があるということは、それだけで脅威にもなりえる。決して、その使い方を間違わないように心にとめておきなさい」

「はいっ！」

目を輝かせながら、ロゼッタは元気に返事をしてくれた。


——ということがあった。

それから一年ほどが経ち……いや、経たずとしてロゼッタは闇属性の上級魔法をなんなく使いこなしてしまった。

上級魔法といったら、呪文がわかっても使いこなせるようになるまで修業が必要だ——と、グラートは聞いていたのだが……どうやら心配は不要だったらしい。

溢れんばかりの才能に、グラートはただただ驚くばかりだ。

そしてグラートが遠い目で窓から学園を眺めていた理由。

至極単純なことで、グラートではなくとも懸念している事柄だ。そう、ロゼッタの実力をよく知る人間ならば。

（クラス分けのテストで、間違っても闇の上級魔法なんて使っていないだろうな⁉）

それだけが、ただただ心配だ。

考えただけで胃が痛くなってしまう。

（できれば、平穏な学園生活を送ってほしい……）

無理かもしれないと思いつつも、グラートはそう願わずにはいられなかった――。

3 ✦ クラス分け

鍛錬場は、一般的な体育館二つ分くらいの広さがある。

いつもであれば鍛錬を行う生徒たちで賑わっているが、今日は新入生の実技テストのため二年生以上の生徒はいない。

新入生たちは、これから行う実技試験に緊張しているようだ。

（私は緊張……っていうより、ちょっとワクワクドキドキしてるかも）

ルイスリーズとカインに一番弱い魔法で実技テストを受けるよう言われたので、その点だけはちょっと心配だけれど。

つまりは、【ダークアロー】を使うということだ。

（こいつ初級魔法使ってるぷぷぷとかって、なめられちゃうんじゃないかな……）

そんな心配をよそに、実技試験が始まる時間がやってきた。

数人いる教師の中から、代表して一人が前に出た。

胸当てなどの身軽な装備をつけているが、かなりいいものだということがわかる。おそらく、強いモンスターの素材から作っているのだろう。

「それでは、今から実技試験を始める。この鍛錬場は結界が張ってあるので、衝撃などが外へ行くことはない。安心して実力を発揮してくれ。怪我をした場合は、うちの治療班がいるのでそっちへ行くように」

教師が手を向けた方を見ると、数人の魔法使いが待機していた。腕に看護の腕章をつけていてくれて、わかりやすい。

（うおおぉ、治療のエキスパート⁉　ぜひとも仲良くなっておきたい人材だ‼）

学園に入学しゲームがスタートした今、ロゼッタはいつ死んでもいいくらい死亡フラグが立っていく。

ルイスリーズも治癒魔法を使うことはできるけれど、知り合いが多いに越したことはない。ルイスリーズが側にいないときでも、命を救ってもらえるかもしれないからだ。

「自分の戦闘スタイルに合わせた実技を受けてもらって構わないので、各自担当教師のところへ行ってくれ。まだ戦闘スタイルがわからない者は、私のところへ来るように。では、始め！」

教師の合図があると、生徒たちはすぐに各試験を担当する教師の下へ散って行った。

ロゼッタはといえば、看護担当とお近づきになれないだろうかと考えていたら出遅れてしまった……。

「いけないいけない、私も試験を受けないと！」

ロゼッタが魔法担当の教師を探しながら歩いていると、「おおおおぉぉ〜！」という歓声が上がった。

すごい新入生でもいたのだろうか？　そう思って声のした方に視線を向けると、ど真ん中に穴の開いた的があった。

「……？」

なんで穴？

ロゼッタが頭にクエスチョンマークを浮かべていると、弓を手にしているカインがいた。

（あ、カインが試験を受けるところなんだ）

カインの試験項目は、弓。

どうやら、的に向かって弓を射るというのがテストのようだ。おそらく命中力をメインで見て、適性の有無を確認しているのだろう。

（まあ、カインならあのくらいの的は朝飯前だよね）

なんといっても、カインは動いているモンスターを射ることができるのだ。

「カインの試験を見てから受けようかな」

なんて思っていたロゼッタなのだが、カインがおもむろに的へ向かって歩き出した。そして的の後ろに落ちている矢を拾った。

（的の後ろ？）

どういうことだ？　とロゼッタが盛大に首を傾げ――ハッとした。

「的の穴って、カインの矢が貫通した穴か‼」

隣の的を見ると、的の端に矢が刺さっていたり、届かず手前に落ちているものすらある。

先ほどの歓声は、カインの矢の威力が突き抜けていたからのようだ。きっと新入生で的を突き抜けるほど強い威力で射たのはカインだけだろう。

（さすがカインだ～～！　私も頑張らなきゃ‼）


ロゼッタが気合を入れて魔法教師の下へ行こうとすると、今度は別のところから大歓声が聞こえてきた。

今度はいったい何事だ⁉　とロゼッタが振り返ると、教師と剣でやりあっているルイスリーズの姿があった。

どうやら、剣士は模擬試合をしているようだ。

「おぉ～！　さすがルイ、強いね！」

見ると、相手が教師だというのに、ルイスリーズの方が一枚も二枚も上手だ。教師の剣を軽くいなして、そのまま流れるような動作で反撃に出ている。

これでは、どちらの試験かわからないとロゼッタは苦笑する。

「私も気合入れないと！」

ふんと鼻息を荒くして、ロゼッタも魔法担当の教師の下へ急いだ。

「ロゼッタ・フローレスさんは、魔法で試験を受けるの……ね？」

「はい！」

どこかびくびくしている様子の教師に、ロゼッタは元気よく返事をする。

「あなた……本当に魔法で試験を受けるつもりですか？」

「よろしくお願いします」

「………………」

ロゼッタが優雅に腰を折ると、教師は言いづらそうにしつつも、口を開いた。

「その、ロゼッタさんは闇属性でしょう？　魔法ではなく、戦闘分析などサポート分野に回った方がいいと思うのよ」

「………………」

教師の言葉を聞いて、今度はロゼッタが言葉を失う。

（この先生も、闇属性忌避貴族なの⁉）

せっかくいいところを見せられる実技試験だというのに、出鼻をくじかれてしまった気分だ。

（まあ、確かに私は王太子の婚約者だし、公爵家の令嬢だし……闇魔法を大々的に使わない方がいい立場だってことくらいはわかるけどさ）

けれど、ルイスリーズやカインはロゼッタが闇属性だということは気にしていないし、最近は父親も理解を示してくれている。

ここは、引いてはいけない。

（これから先だって、闇属性の子どもは生まれてくるからね！）

その子たちに、自分のような思いはしてほしくない。だからここから先は、貴族として闇属性は悪くないと示していかなければいけないのだ。

ロゼッタは公爵家の令嬢として、優雅に微笑む。

「わたくしは、闇属性の初級魔法で実技試験を受けさせていただきます」

「……わかりました」

有無を言わさないロゼッタの笑みに教師は一瞬息を呑んだが、すぐに了承の返事をした。


魔法の試験は、カインの弓と似ている。

一〇メートルほどのところに的があるので、それに向かって魔法を放てばいい。動かない的なんて、ロゼッタには楽勝だ。

周りを見ると、女子生徒が魔法を撃っているところだった。のろのろと発動した魔法は、的に当たってぽひゅんと軽い音を立てて消えた。

もう一人は火の初級魔法で、ちょっとだけ的に焦げ跡がついている。周囲で見ていた生徒たちは、「すごい！」と拍手している。

ロゼッタが的の前に立つと、ざわざわしていた鍛錬場がしん……となった。どうやら、全員がロゼッタに興味を持っていたようだ。

黒髪を隠しもせずに登校してきた、公爵家の令嬢に。

「威力が出すぎると大変だから、初級魔法。って言っても、初級魔法もそこそこの威力があるけど……鍛錬場には結界がかかってるって言ってたから大丈夫か」

建物のことを考えず、気兼ねなく魔法を撃つことができる。

昔、屋敷の中で魔法を使ったときは天井をぶち抜いてしまったので……結界が張られているのは、かなりありがたい。


「――闇の妖精よ、影から闇を作り出せ！【ダークアロー】！」

ロゼッタが力強く呪文を唱え、魔法を撃つと――ドゴォンと大きな音を立てて的は砕け散り、鍛錬場の壁に穴が開いて壁や天井には亀裂が入った。

（えっ、結界は？？？？？）


鍛錬場は先ほどよりもさらに静まり、まるで時が止まってしまったかのようだ。

誰も言葉を発することができずに、ただただ穴の開いた壁を見つめることしかできないでいる。

生徒はもちろん、教師でさえも。

そんななか、最初に動いたのはルイスリーズだ。

「ロゼッタ、実技試験お疲れ様」

「あ、ルイ――様！」

ロゼッタをエスコートするように手を取り、教師の方を向く。すると、教師はハッとしてしどろもどろになりながら試験の結果を告げる。

「ええと、そうですね……その、ええ、大変すばらしい魔法だと思います。闇魔法であることが残念で――っ、ロゼッタさんはA評価です」

余計なことを言おうとした教師にルイスリーズが冷たい瞳を向けると、ひゅっと息を呑んですぐにロゼッタの評価を口にした。

ルイスリーズは内心でため息をついて、学園の教師がこれでは国の未来が思いやられるなと考える。早急に、学園内の闇魔法に対する意識調査を進めた方がよさそうだ。


逆に、見ていた生徒たちの方が純粋だった。

「え、何あの魔法……すごい威力‼」

「上級魔法じゃないのか？」

「でも、【ダークアロー】って初級魔法……？　いや、闇属性だと何か違うのかもしれない‼」

ロゼッタがいったい何をしたのか、という話題で持ち切りだ。

ルイスリーズがロゼッタと一緒にいるということもあり、生徒たちの緊張が解け始め、思い思いのことを口にし始めたようだ。

どうやら闇属性だからといって忌避する人ばかりではないようで、ロゼッタはほっと胸を撫でおろす。

「よかったな、ロゼッタ」

「ええ！　ありがとうございます、ルイ様」

ロゼッタは花がほころぶような笑みをルイスリーズに向ける。それにちょっとだけドキリとしたルイスリーズは、「コホン」と咳払いを一つ。

「だけどロゼッタ、あれは……やりすぎだ」

「あ……」

ルイスリーズが指さした方向を見ると、開いてしまった穴からひゅおぉ～と風が吹いている。

教師たちは、穴の前で頭を抱えてしまっている。

しかしロゼッタにも言い分はある。

結界があるから遠慮なくやれと言ったのは教師だし、そもそも自分が使ったのは初級魔法の【ダークアロー】だ。

本当はもっと実力を見せたかったのに、一番弱い魔法を使ったのだ。それなのに、どうしてやりすぎと言われなければならないのか。

（……まあ、穴をあけたのは申し訳ないと思うけど）

ロゼッタが無言で口を尖らせていると、ルイスリーズがやれやれと苦笑した。そのままロゼッタの頭にぽん、と手を乗せた。

「でもまあ、さすがはうちの火力だな」

「――！　うんっ！」

ルイスリーズの言葉に、ロゼッタはにっと笑った。


「無事に高評価が出てよかったぁ……」

ロゼッタはほっと胸を撫でおろして、ルイスリーズに安堵の表情を見せる。ふにゃりとしたその表情に、ルイスリーズの表情も和らいだ。

「まあ、ロゼッタが低評価なわけがないけどな」

「ありがとう！」

二人で雑談をしていると、ふいに自分に影が落ちた。

「ん？」

いったいなんだとロゼッタが頭上を見ると、真上のヒビが入った天井から二メートルほどの瓦礫が落下してきているところだった。

「ひょえ……っ」

思わずひゅっと息を呑み、心臓が止まりそうになる。

――これが死亡フラグ？


ロゼッタは急いで【ダークアロー】を使って砕かなければと考えるのだが、一瞬思考が停止して判断が遅れてしまった。

（私の体はポンコツだ）

冒険者になって、やっとの思いでAランクまで上り詰めたのに。

こんなにあっさり死んでしまう。

しかしそう思った瞬間、体がふわりと宙に浮く。


「うわ、危なっ」


ルイスリーズがロゼッタのことを横抱きにして、大きく地面を蹴り上げた。

華麗に瓦礫を避け着地をすると、わあっと拍手が沸き起こった。

「――っ！」

「ロゼッタ、大丈夫か？」

（私、生きてる）

けれどやばいくらいに、心臓が脈打っている。

気づけば無意識のうちに、ルイスリーズの肩に顔をうずめてしがみつき、体は小刻みに震えて

いた。

こんなこと、モンスターと対峙していてもそうそうない。

（これが本当の恐怖……）

ロゼッタは小さく深呼吸を繰り返し、顔を上げる。

「……ええ、大丈夫。ありがとう、ルイ様。突然で固まっちゃいました……。ルイ様が助けてくれなかったら、死んでいたかもしれないですね」

そう言って落ちてきた瓦礫を見ると、床がへこんでいる。一歩間違えば、自分はぺちゃんこ死していたと思うと背筋が冷える。

（咄嗟に動ける瞬発力も鍛えたい……！）

まだまだ課題は多そうだと、ロゼッタは小さく息をついた。


ルイスリーズの華麗なる活躍を見ていた生徒たちは、ほうっと息をついた。まさか、あんなにすばらしい身のこなしを見られるなんて。

「闇属性の姫君を助ける王子様……素敵ですわぁ！」

「ええ、本当に」

「ルイスリーズ殿下の身のこなしも、騎士志望としては憧れます‼」

女子生徒はシチュエーションに、男子生徒はルイスリーズの身体能力に注目しているようだ。

そして、そんな二人を物陰から見ている生徒が一人。

「うわあぁ、二人とも素敵！　すごい‼　それに、あんなに強い魔法は初めて見た‼」

鍛錬場の隅で、ロゼッタの実技試験の様子を思い出しながら目をキラキラさせている女子生徒、名前はプリム。

何を隠そう――この乙女ゲームのヒロインだ。

「私も回復魔法が得意だからちょっとは自信があったんだけど……そう思っていたことが恥ずかしい……っ」

顔が熱いと、自分の手でぱたぱた扇ぐ。

だって、ロゼッタの方が自分より何倍も何倍もすごかったから。

「……お友達に、なれないかなぁ？」

これからの学園生活がとても楽しみだと、プリムの心は弾んだ。


「へぇ……なかなか美味しいですね」

「王侯貴族の通う学園だから、食堂も下手なものは出さないさ」

筆記試験と実技試験が終わったロゼッタたちは、食堂で昼食を取りながら試験の結果を待っていた。

ルイスリーズとカインは普通に食事をしているのだが、ロゼッタはバクバクと心臓が嫌な音を立てていて、あまり食も進んでいない。

試験中より結果を待つ方が緊張するのだ。

（仮に筆記が赤点だったとしても、実技で挽回できてるはずだから……きっと大丈夫！）

とはいえ、緊張するものは緊張する。

——というのに。

（二人ともめっちゃ涼しい顔してる……）

カインはまあ、元々ルイスリーズと同じクラスになると決まっているのでそんなに気負うことはないだろう。

ルイスリーズは…………自分の実力を自負しているのだろう。

（うちのパーティーメンバー優秀すぎん？）

自分ももっと勉強を頑張ろうと思うロゼッタだった。


一時間ほど休憩したところで、クラス分けの発表の時間になった。

今日はクラスが発表されたあと、ホームルームをして終わりだ。

中庭の掲示板に張り出されたクラス分けを見に行くと、すでに人だかりができていた。喜ぶ声や、ショックを受ける声と様々だ。

ロゼッタも何卒Aクラスでお願いしますと、祈るような気持ちで掲示板を見る。薄目にして、そおっとそおっと……。

（うぅ、私の名前はどこに⁉　間違ってもBクラスなんて嫌すぎる……‼）

ドギマギしながら目をきょろきょろさせていたら、カインがあっさり「問題なく三人とも同じクラスみたいですね」と言ってのけた。

「――――！！！！！」

「なんですかロゼッタ様、そんな顔して……」

呆れるようなカインの声に、ロゼッタは地面に倒れこみそうになる。あんなに緊張していたのに、こんな簡単に解放されるなんて……！

「うぅぅ、よかったあぁぁ」

とりあえず盛大にお祝いしたい気分だ。

今日はケーキを買って帰る――いや、三人でどこかへ食べに行くのがいいかもしれない。その方がきっと楽しいし、自分たちらしいとロゼッタはにんまりする。

「顔がにやけてるぞ、ロゼッタ。そんなに不安だったのか？」

まあ、確かに王太子の婚約者がAクラス以外では示しがつかないなとルイスリーズが笑う。

「そうです、だからドキドキしてたのです。わたくしの成績が悪いと、公爵家も何か言われてしまうかもしれないですから」

「なら、これからはもっと勉強しないとだな」

「……善処します」

ロゼッタは長い息をはきだしながら、頷いた。


Aクラスの教室に入ると、すぐに見知った顔がやってきた。

「挨拶に参りました、ルイスリーズ殿下」

「学園でご一緒することができ、光栄です」

そう言って挨拶をしたのは、攻略対象キャラクターの二人。

一人は騎士団長の地位を約束されている、ラインハルト・ルーデン。

後ろで一つに結んだ赤の髪と、まっすぐなアンバーの瞳。今は学生の身分だが、じきに騎士団長になる人材だ。

現在、ルイスリーズが公務の間は見習い護衛騎士をしている。攻略するとヒロインの護衛騎士になるキャラクターでもある。

ゲームでは闇属性に強い忌避を示していたキャラクターなのだが、今のところロゼッタにそういう態度はとっていない。

もう一人は宮廷魔術師の地位を約束されている、リュート・アールグレー。

切りそろえられた青の髪と、探求心の強い黄緑色の瞳。ゲームではあまり気にならなかったが、現実となったこの世界の彼はかなりの魔法好きだ。

新しい魔道具を開発し、自分で試したりしているらしい。


「ああ、二人とも同じクラスで安心したよ。学園でもよろしく頼む」

「「もちろんです！」」

ルイスリーズは挨拶をすますと、ロゼッタとカインを二人に紹介する。

「私の婚約者のロゼッタと、学園限定という形で従者にしたカインだ」

「ロゼッタ・フローレスです。よろしくお願いいたします」

「……カインです。どうぞよろしくお願いします」

「「…………」」

しかしラインハルトとリュートは、カインを見て目をぱちくりさせている。そして次に、ルイスリーズの隣の席に座っているロゼッタを見てぽかんと口を開いた。

そして二人の声が重なる。


「「オークの森で会った、ロゼリーとカイン？」」

そう、そうなのだ！

ロゼッタとカインは、実はラインハルトとリュートと会ったことがある。

オークの森で二人に出会い、狩りやレベル上げの仕方などを教えて一緒に街へ帰り、お礼に食事をご馳走してもらった……という間柄なのだ。

今まで公式の場では公爵令嬢のロゼッタは桃色のウィッグをつけていたので、ラインハルトもリュートも同一人物だとは微塵も考えてはいなかったのだろう。

しかし今は黒髪で、先ほどの実技試験の腕前も噂になっている。それに、カインは成長が遅いようで姿もあまり変わっておらず、幼いままだ。

そんなカインが一緒にいることもあり、ロゼッタをロゼリーだと結論付けるのは自然な流れだろう。


（でも、なんて説明すればいいのか……）

ロゼッタが腕を組みながら言い訳を考えていると、ルイスリーズがさらりと「経験を積むために冒険者をしていたんだ」と告げた。

加えて、実は自分もロゼッタとパーティーを組んでいたということも話した。

「私は将来上に立つ人間だから、いろいろなことを知っておきたかった。それは、婚約者のロゼッタにも言えることだ。だから、私たちはカインと三人で冒険者をしていたんだ」

「なるほど……。この国の貴族は、魔法を使った職に就く者も多いですし――有事の際は前線に立つことも求められますからね」

納得だと、ラインハルトが頷いている。

（おぉ～！　すっかり信じ切っている。私も次からはそう言おうっと）

すると、リュートがロゼッタの前にやってきた。

「まさか、ロゼリーがロゼッタ嬢だとは思いませんでした。ぜひ、一緒に魔法の話をしたいものです」

「……！　もちろんですわっ！」

以前会ったときから随分大人びたように感じたリュートだが、嬉しそうにはにかんだ表情は年相応だった。

ロゼッタも本当は魔法のことを話したりしたかったけれど、いかんせん属性が闇。無意識の内にも、ルイスリーズとカイン以外にはやはりどこか遠慮してしまうところはあった。

（でも、リュートは――リュート様の方がいいか。私が相手でも忌避は感じてないみたい）

これは嬉しい発見だと、ロゼッタは頬が緩む。もしかしたら、自分が死にそうになったときも味方にもなってくれるかもしれない。

――というのはさすがに都合よく解釈しすぎかもしれないけれど。

（でもでも、仲良くなっておくにこしたことないもんね！）

けれどもっと話をする前に、教室のドアが開いて担任の教師が入ってきた。

しかもなんと……ロゼッタの魔法実技を担当した闇属性を忌避しているだろう教師だった。

（うわ、相性悪そうな人が担任になっちゃったなぁ……）

ちょっとげんなりしつつも、ロゼッタは静かに席に着いた。


「入学おめでとうございます。私は担任のロージー・フィナンナです。みなさんがこの学園で学び、大きく羽ばたいてくれることを楽しみにしています」

挨拶を済ませたロージー先生は、次に数枚のプリントを配った。クラス表や授業内容、学園の案内などが書かれている。

（あ、このプリント……ヒロインのスチルに出てた！）

なんてことを思い出して、ロゼッタは少しテンションを上げる。


プリントを見ていくと、『遠征課題について』というものがあった。

（そういえば、学園メニューに遠征コマンドがあったっけ）

遠征コマンドは年に一回使うことができて、大幅にステータスを上げることができるもの。とはいえ、別に細かいシナリオが用意されている……ということはなかった。ただ、遠征仕様の攻略対象キャラクターの台詞はあったけれど。

つまりこの遠征は、大幅なレベルアップのチャンスでは……？　と、ロゼッタは考える。

今までは魔法がメインだったけれど、剣や弓、防御関係に力を入れて鍛錬してみるのもいいかもしれない。

ロゼッタはそんなことを考えながら、引き続きロージー先生の話に耳を傾けた。


ホームルームを終えたロゼッタとルイスリーズとカインは、行きつけの店へやってきた。ささやかながら、入学祝いのパーティーを行うのだ。

空いている奥の席に座って、いくつかメニューを注文しようとして店員を呼ぶと――


「あんたたち……冒険者かと思ってたのに、学生さんだったのかい⁉」


めちゃくちゃ驚かれてしまった。

それもそうだろう。学園の生徒といえば、そのほとんどが貴族で、街で普通に暮らしているだけの平民にはほとんど縁のない人たちだからだ。

「入学したんです。でも冒険者も続けるので、引き続きよろしくお願いします」

ロゼッタが遠回しに今までと同じ対応をしてほしい旨を伝えると、店員は「わかったよ」と言って頷いた。

「店からの入学祝いだ。ちょっとだけサービスしてあげるよ」

「「「ありがとうございます！」」」

太っ腹な店員さんに、三人のお礼の声が重なった。

「おまち！　ソーセージの盛り合わせに、キッシュ、コーンバター、果実ソーダが三つね。それからこれはサービスの骨付きステーキだよ」

「わ～！　美味しそう！」

「骨付き肉!?　いい匂い」

「ありがとうございます！」

第一弾の料理が来て、ロゼッタが目を輝かす。

店員さんにもお礼を言ったら、グラスを持って――


「「「入学おめでとう！」」」


果実ソーダで乾杯をすれば、みんな笑顔になる。

すると、ルイがコーンバターを自分の前に持っていく。実はコーンバターが大好きで、ルイはここに来ると絶対に頼むのだ。

「トウモロコシばっかりで、飽きないの？」

「だって美味いし」

カインの言葉に、ルイはコーンバターを頬張りながら答える。

「城での食事は、コーンバターなんて出ないからな。冒険者のルイとして活動してるときくらいしか、食べられないんだ」

だから大目に見てくれと、ルイが言う。

(王城の食事か～。毎日フルコースみたいなのが出てくるのかな？)

それは大変だろうなと、ロゼッタは苦笑する。

とはいえロゼッタも公爵家の人間なので、食事はいいものが用意されている。順番に給仕してもらえはするが、コースというほどのボリュームではない。

朝や昼はワンプレートに、別途パンなどがテーブルに並んでいるくらいだ。

「でも、一番は野宿のときにカインが作ってくれるコーンバターだな！　あれは格別の美味さがあるんだよなぁ」

思い出しただけでヨダレが出そうだと、ルイはカインを見る。

このパーティーで行動するときの料理は、いつもカインが担当してくれている。ロゼッタたちも手伝ったりはするが、純粋にカインの料理スキルが高すぎるのだ。

なので野宿でも温かいスープが出るし、食事も美味しい。

一通り食事を済ませると、話題は学園のことになった。

「遠征課題のプリント読んだ？」

ロゼッタがわくわくしつつ問いかけると、カインが詳細を口にした。

「一ヶ月後に遠征するってやつ？　確か、『シャリリア地方』だっけ」

「え、シャリリア⁉」

しかし、話題を出したロゼッタが驚いている。

それを見て、ルイが呆れる。

「読んでなかったのか？」

「いや、どこに行くかってところはあんまり注目してなかった……」

ロゼッタが確認していたのは、いつ行われるのかということと、班分け――つまりパーティーを作って遠征をするということだ。

うっかりしていた。

「……シャリリア地方って、ロゼリーの母方の領地だったか」

「うん」

やはりルイは知っていたようで、ロゼッタは苦笑する。

「え、そうだったの⁉」

カインは当然知らないので、驚くのも無理はない。

「実は私の母って、闇属性をめっちゃ嫌ってるんだよね。その原因が、実家の影響みたいで……」

だから遠征先を聞き、楽しいという気持ちがどんどんしぼんでいっている。

まあ、遠征に行ったからといってロゼッタが母方の実家に関わるようなことはないとは思うのだけれど――

「とはいえ、孫娘が遠征に行くというのに挨拶しないのも外聞が悪いな」

「えっ⁉　やっぱり行かなきゃ駄目なの⁉」

ががーん！　と涙目になるロゼッタに、ルイは「当然だろう」と息をつく。

「別に仲良くしろってわけじゃない。訪問しました、っていう体裁だけあればいいんだから。俺とカインも同行してやるから、頑張れ」

「………………うん」

どうやら遠征も、楽しいだけではないようだ。

閑話　新たな生活

いつもより少し早く目が覚めたカインは、傍らで眠るネロの頭を撫でてベッドから起き上がる。天気は快晴。

「まさか、俺が学生になるなんて……思ってもみなかったなぁ」

カインが常宿にしている部屋の壁には、ハンガーにかかった制服が吊るされている。今まで冒険者をしてきたカインには、なんとも見慣れない光景だ。

けれどカインの表情は、普段よりも期待に満ち溢れていた。

登校の準備を終えたカインだが学園に向かわずに、王城へ足を向ける。

ルイ――ルイスリーズの従者として学園に入学するので、原則として常に行動を共にしなければならないのだ。

（王子様も大変だ……）

王城に到着すると、カインは馬車の準備を行う。

とはいっても、御者に声をかけて準備を整えるようにお願いするだけだけれど。馬車を入り口に回してもらっている間に、カインはルイスリーズの下へ行く。

すると、ちょうどエントランスホールにルイスリーズがやってきたところだった。

「カイン！　おはよう」

「ルイ――ルイスリーズ様、おはようございます」

いつもの癖で、うっかり「ルイ」と呼びそうになってしまった。

（立場を変えるって、難しいんだな……）

新しい制服に、慣れない立場、密かに楽しみにしていた学園――いろいろなことが一気に起こって、さすがのカインもキャパオーバー気味だ。

そんなカインを見て、ルイスリーズは笑う。

「緊張しなくて大丈夫だ」

「そりゃあ、そっちは慣れているだろうけど……」

こちとらずっと冒険者だったのだから、そう簡単に王太子の従者ができると思ったら大間違いだ。

「ハハッ、まあゆっくりやっていこう。学園で勉強していくうちに、礼儀は嫌でも身につくはずだ」

「……だといいんですが」

カインはルイスリーズの言葉に同意しつつ、内心ではかなり焦っていた。

（今のルイは、王太子のルイスリーズ……なんだよね）

笑顔の多い冒険者のルイと違い、王太子のルイスリーズは落ち着いた雰囲気をかもしだしている。

それが、カインをひどく緊張させるのだ。

ルイスリーズに気づかれないように深呼吸をして、カインは気合を入れる。

「馬車の手配はできていますので、行きましょう」

「ああ」

カインの言葉を聞き、ルイスリーズは歩き出した。


そして、学園へ向かう馬車の中。


「今は二人だけだから、楽にしていいぞ?」

ルイスリーズは普段の雰囲気になり、カインに笑顔を見せた。

「それは……」

(確かにめちゃくちゃ楽そうだけど……)

カインはどうすべきか考えつつも、首を振る。

「変にボロが出ても嫌なので、冒険者のルイじゃないときは従者でいる——いますよ」

「んー、まあ……カインがそう言うならいいか」

ルイスリーズはあっさり了承した。

「なら、俺も王太子っぽくしていないとな。学園に着いたらロゼリー……ロゼッタと合流するから、一段と大変そうだ」

ロゼッタはちゃんと令嬢らしく振舞えるのだろうか――ということは、カインも気になっていた。

(普段が普段だからね……)

マナポーションを飲みながら上級の闇魔法をばかすか撃って、強いモンスターを倒していく。

ロゼッタが歩いた後は――まさに、地獄絵図だ。

もしかしたらロゼッタのフォローもしなければいけないかもしれない……そんなことを思うカインだった。

4 ✦ 母方の実家へ

クラス分けの試験から翌日、ロゼッタは教室でフリーズしていた。

それはもう、カチンコチンに。

なぜかって？　その原因は、自分の目の前に立つ人物のせい。

「初めまして！　プリムといいます。その……実技試験、強くてすごくて、感動しました！」

天使のように可愛らしいにこにこの笑顔をロゼッタに向けているのは、プリム。

この乙女ゲーム『フェアリーマナ』のヒロインだ。

金に近いストロベリーブロンドの髪を、サイドで一つに結んでいる。穏やかな瞳は少したれ目がちで、優しい雰囲気が伝わってくる。

ロゼッタが画面越しに何度も見た、可愛らしい顔だ。

「……あ、ありがとう！」

「私は治癒魔法ばっかりで、攻撃魔法は全然なんです……。だから、実技テストのときに見た光景が忘れられなくて……っ！」

(いやいやいやいや、なんで私に接触してくるの？)

そこはルイスリーズ、もしくはラインハルトかリュートにアプローチをするところなのでは？　と、ロゼッタは内心で嫌な汗をかきまくる。

なんとかお礼の言葉を絞り出したが、脳内はパニック状態だ。

(うわあああぁぁぁ、ヒロインだあぁぁ!?)

だってまさか、ヒロイン自ら話しかけてくるなんて思ってもみなかった。いったいどうして自分に絡んできたのだろうか。

順番が違うだろうと、盛大にツッコんでしまう。

ちらりとルイに視線を送ると、カインと今後の打ち合わせなんぞをしている。ラインハルトとリュートも、ほかの生徒数人と交流しているようだ。

(ちょっと自分の役目をしっかり果たしてよ!!)

うっかり心の中でそんな悪態をついてしまったのを許してほしい。

ロゼッタとしては、どうしてもヒロインとは関わり合いになりたくなかったのだ。だって、このヒロインのせいで悪役令嬢であるロゼッタは死んでしまうのだから……。

涙目になりたいのをこらえていると、プリムはもじもじしながらロゼッタのことを見てきた。

「よかったら……お友達になってくれませんか？」

――ひゅっ。

一瞬呼吸が止まって死ぬかと思った。

やはりヒロインと関わるのは危険だと、ロゼッタは汗をかく。

しかししかし、ここで断ってしまったら……おそらくそれも死亡フラグだろう。「よくもプリムの誘いを断ったな！」と言って殺されてしまうに違いない（被害妄想）。


「ハイヨロコンデー」


思わず棒読みになってしまったのは、どうか許してほしい。

「わあっ、ありがとうございます！」

プリムはロゼッタと友達になれたことが嬉しいようで、にこにこだ。

（私は悪役令嬢だから、プリムから絡んでくることはないと思っていたのに……）

というか――平民なのに光属性で、自分の王太子とどんどん仲良くなっていくプリムを、悪役令嬢ロゼッタがいじめるというのが本来のストーリーのはずだ。

しかしロゼッタは、プリムのことをいじめてはいない。なぜなら、いじめたらその分だけ死亡フラグが立ちかねないからだ。

平穏に過ごそう。

（絶対にいじめない、絶対にだ‼）

ロゼッタの決意は——固い。

プリムとお友達になってから数日、ロゼッタの学園生活は比較的穏やかに過ぎていった。

闇属性だからと変に絡んでくる人もいないし、将来の王妃だからと過剰にごまをすってくるような輩もいない。

何より——ヒロインのプリムが素直でいい子だったのだ。

（こればっかりは、想定外すぎるよね……）

いや、光属性のヒロインがいい子でないわけがなかった。

しかしロゼッタの潜在意識としては、ヒロインは自分に死亡フラグを巻き起こす敵であり、いわゆる悪のポジションにいる人物だった。

なので、はなから仲良くなれないものだと思い込んでいた……というのもあったかもしれない。

（人間、話してみないとわからないことっていっぱいあるもんだね）

だから今は、最初のころほど自分の人生に絶望はしていない。

もちろん、死亡フラグには十分注意しているけれど。

授業が終わり、ロゼッタが教科書をしまっているとプリムがやってきた。その手には、お弁当を持っている。

「ロゼッタ様、お昼をご一緒してもいいですか？」

「うん。食堂でいい？」

「はいっ！」

プリムと友達になった日から、一緒にお弁当を食べるのが日課になっていた。

メンバーは、ロゼッタとプリムに加え、ルイスリーズ、カイン、ラインハルト、リュートの六人だ。

食堂でみんな一緒に昼食を取っているので、とても目立つ。なんせ王太子を始め、公爵家の令嬢や将来の宮廷魔術師や騎士団長たちだ。

注目されないわけがない。


「いつもながら、注目がすごいですね……」

カインが視線にやれやれとため息をつきつつランチを食べていると、「そうですよね」とプリムが相槌を打つ。

「平民の私なんかが混ざっていいのかなって……不安になっちゃうんですよね」

勢いでロゼッタと友達になったプリムだが、昼食のときはいつもそわそわしていたようだ。自分のせいで、ロゼッタに恥ずかしい思いをさせたくないと、そう思っているのだろう。

「プリムは珍しい光属性ですし、気にしすぎです。もしかしたら、ここのメンバーよりも注目されているかもしれませんよ？」

「私を持ち上げすぎです、カイン様」

カインの言葉に、プリムがくすりと笑う。

すると、そこにロゼッタが入ってきた。

「そうです。プリムは光属性ですし、とてもすごいです。ですから、胸を張ってこの学園にいてくださいね」

光属性は、ロゼッタの闇と対極の属性だ。

同じくらい希少だが、攻撃魔法特化の闇属性とは違い、回復魔法特化の光属性はたくさんの人から愛されている。

「ロゼッタ様、私のことをそんな風に思ってくださっていたんですね」

とても嬉しいと、プリムが瞳を潤ませている。

「もちろんです。だってわたくしたちは、友達でしょう？」

「ロゼッタ様……！」

公爵家の令嬢であるロゼッタが自分のことをそんな風に思ってくれているなんて――と、プリムは感動する。

ロゼッタはプリムが想像以上にいい子だったので、最近ではこのまま仲良くしていれば死亡フラグは回避できるのでは？　とも思っていた。

もしかしたら、ゲームの悪役令嬢ロゼッタが死んでしまったのは人間関係が破綻していたせいだったのかもしれない……。

（これなら、なんとか上手く乗り切れそう）

そう思い、ロゼッタは安堵の息をはいた。


ついに、遠征課題の日がやってこようとしていた。

教壇にはロージー先生が立ち、遠征に関する話をしてくれている。

「今回の遠征課題は、『サバイバル演習』です。実習期間は学園からシャリリア地方までの移動を入れて五日を予定しています。その間は野宿ですから、みなさん十分な準備をしてくださいね」

演習の内容が説明されると、教室中がざわついた。

それもそのはずで、ここにいる生徒はほとんどが貴族であり、普段野宿をするようなことはないのだ。

ロゼッタやルイスリーズのように冒険者をしていたら別かもしれないが、これはなかなかレアなパターンだと思った方がいい。

遠征課題、サバイバル演習。

学園からシャリリア地方へは、馬車で約一日。

現地の森で三日のサバイバルを行い、行き帰りの往復二日を含め五日というスケジュールのようだ。

サバイバルをする森には何人もの教員がいて、生徒たちの様子を見ている。ただ、手助けなどは一切行わないので、問題が起きても自分たちの手で解決するしかない。

森には数種類のモンスターが存在しているので、戦闘はもちろん、森の中での過ごし方なども見られるようだ。

どういった装備や準備で課題に取りかかるかということも、大きな評価ポイントだろう。

「成績がよければ騎士団から注目されることもあります。みなさん、将来に向けての演習だと思い、頑張ってくださいね」

そう言ってロージー先生が微笑む。

「次に、班を決めてくださいね。だいたい五人から七人くらいがいいでしょう。班は、前衛と後衛のバランスはもちろんですが、サポートができる人も貴重ですよ。二日後までに班員を決めて、用紙にメンバーを書いて提出をしてくださいね」

「「「はーい」」」

ロージー先生の説明が終わると、ロゼッタたちはさっそくいつものメンバーで集まった。

前衛のルイスリーズとラインハルトに、後衛のロゼッタとカインにリュート。光魔法を使うプリムはサポートが上手いし、さらにカインは野宿のノウハウもある。

「……うちの班、完璧のぺきでは」

ロゼッタの目がキラリと光り、自分の班の勝利を確信する。勝敗などがあるかは知らないけれど、きっと卒業後の就職には有利だろう。

とはいえ就職についてはほぼ全員困らないであろうメンツなので、そこまで気にすることはないのだが。

「よろしくお願いします、殿下！」

「ああ」

「ロゼッタ嬢と同じ班になれて嬉しいです」

「うん、よろしく」

ラインハルトとリュートがそれぞれ改めて挨拶をしてくれた。

リュートの反応を見る限り、かなりロゼッタに懐いている。本来なら、まっさきに将来自分が仕えるべきルイスリーズに言葉をかけるべきなのだが……。

（よっぽど私にレベリングしてもらえたのが嬉しかったんだ！）

これは遠征中もビシバシレベリングしていいのでは……と、ロゼッタは多少悪い笑みを浮かべる。

その横ではルイスリーズがプリントを見ながら、全員に視線を向けた。

「野宿の準備は、各自でするように。テントは、ロゼッタとプリムは二人で一つで十分だろう。見張りもあるから、私たちのテントは大きめのを一つでよさそうだ」

てきぱきと指示を出すルイスリーズの言葉に、ロゼッタたちは頷いた。

「は～～憂鬱だ……」

がたごと揺れる馬車の中で、ロゼッタは生気の抜けたような顔をしてダラダラとしていた。

それを見て、向かいに座るルイスリーズとカインが苦笑する。さらに足元では、カインの相棒であるネロが気持ちよさそうに寝ている。

「もうすぐ到着するんだから、しゃきっとしたらどうだ」

「そうだね……」

ルイスリーズの喝がロゼッタの右耳から入り左耳から出ていってしまう。ああ、これは駄目そうだとルイスリーズはため息をついた。

ロゼッタ、ルイスリーズ、カインの三人は、一足先に遠征地であるシャリリア地方へ向かっている。

ほかの生徒たちよりも、一日早いスケジュールだ。

その理由は、シャリリア地方をロゼッタの母の実家が治めていることにある。

学園の課題とはいえシャリリアを訪れる孫が挨拶の一つもしないのでは外聞がよろしくない。


どんよりとした馬車の空気をどうにかしようと、カインが口を開いた。

「シャリリアって、どんなところなのさ」

「ああ、シャリリアは……シャリリア伯爵が治める領地で、光属性を信仰していることで有名だな」

そのため、闇属性を強く忌避しているのだとルイスリーズが説明をする。

「公に口に出せることではないが、あまり属性信仰というものはいいものではない。人間が属性に優劣をつけるのはよくないし、視野が狭まる」

現にルイスリーズも、ロゼリーと出会うまでは闇属性が嫌いだった。

その原因は、妹がモンスターに攫われたことにある。妹を救い出すため闇属性の令嬢であるロゼッタと婚約もしたが、実際はとても苦手に感じていたのだ。

しかしその後、冒険者ロゼリーと出会って闇属性であっても自分となんら変わらない人間なのだということを知った。

「それは……そうだね」

カインは頷きながら、「なかなか厳しい挨拶になりそうだね」と表情をしかめる。

属性信仰は、昔は平民の間でもよくあったものだ。しかし今は一部の過激派がいるだけで、偏見を持つ人は少なくなってきている。

ただその一部の過激派が、力を持つ貴族だというのが問題だ。ロゼッタも、その信仰の被害者の一人と言ってもいいだろう。

しかし信仰は、取り締まることもできない。

だから闇属性が忌避されるものではないことを地道にアピールしていくか、いっそ、過激派が何か悪事でも働いてくれていたら話は早いのだけれど――なんて、ルイスリーズが笑った。


「申し訳ございません……その、旦那様はお会いにならないとのこと、でし……て……」

段々と門番の声が小さくなるのを感じながら、ロゼッタは「大丈夫です」と力なく首を振った。

母の実家――シャリリア伯爵家へやってきたのだが、門前払いをされてしまった。


大きな広い屋敷はオフホワイトとモスグリーンで整えられている。

庭園には色とりどりの花が咲いているけれど、数はあまり多くないようだ。

（むしろ、ちょっと枯れ気味？）

せっかくの広い庭園が少しもったいないと、ロゼッタは思う。

「……さてと、帰りましょうか。っていっても、街の宿だけど」

（邪険に扱われるだろうとは思ってたけど、まさか門前払いをされるとは思わなかった……）

いや、これはこれで楽だからいいのではないか？　とも思うけれど、ロゼッタとしてはもやもやするものがある。

しかしここで粘っても仕方がないので、大人しく街の宿へ向かうことにした。挨拶に関しては、訪問したというていができたので十分だろう。


今日は、街で一泊し、明日になったらほかの生徒と合流して遠征課題のスタートだ。

「ロゼッタ、大丈夫か？」

「気にするな……っていうのも無理かもしれないけど、あんまり気にしない方がいいよ」

「……うん。ありがとう、ルイ、カイン」

『わふっ！』

「ネロもありがとう～！」

二人と一匹に慰められ、ロゼッタは笑顔を取り戻す。ネロのことはぎゅ～っと抱きしめてもふもふを堪能しておく。

（私には支えてくれる仲間がいるんだもんね！）

それを考えると自分は恵まれているし、やる気も出てくる。今日は明日に備えて早く休もう。

（よーし、まずは遠征を頑張ろう！）

街に戻り美味しいご飯をたくさん食べて、遠征課題に備えていつもより早い時間に就寝。ふかふかの布団からは、お日様の匂いがした。


宿のベッドで気持ちよく寝ていたロゼッタだが、コンコン、というノックの音で起こされた。ベッドからのそりと起き上がり窓の外を見ると、まだ薄暗かった。

（夜中……？　ノックは聞き間違いだったかな）

そんなことを考え、ベッドへぱたりと――倒れようとしたら、「ロゼリー！」という自分を呼ぶカインの声が聞こえた。

「ハッ！」

聞き間違いじゃなかった。

「ごめん、ちょっと待って！」

ロゼッタは慌てて着替え、カインを招き入れる。

「おはよう、カイン」

「おはようロゼリー、朝早くからごめん……って、寝癖ついてるよ」

「おっと！」

カインがくすりと笑って、ロゼッタの髪を押さえるように撫でる。しかし寝癖はなかなかに強力で、またぴょこりとカインの手の隙間から顔を出した。

「ぷっ」

「ちょ、笑わないでよも〜！　急いで支度したんだから、仕方ないんだよー！」

ロゼッタは急いでタオルを濡らし、それで頭を押さえる。しばらくすれば、寝ぐせも収まるだろう。

二人分の果実水を入れて、ロゼッタは椅子へ座った。

「それで、どうしたの？　こんなに朝早くから」

「うん。気になって、ちょっとだけシャリリア領のことを調べてみたんだ」

「――――！」

カインの言葉に、ロゼッタは目を見開く。

（そういえば、私はちゃんと調べたことなかったな……）

死なないためにレベル上げをしなければいけなかったとはいえ、時間がまったくなかったというわけでもない。もし何か、根本的な原因があればそれを知ることにより母と和解できていたかもしれなかったのに。

ロゼッタが自分の至らなさに絶望していると、カインの口からシャリリア地方についての情報が続けられた。

「シャリリア伯爵は、魔王信仰を嫌う第一人者みたいなところがあるみたいだよ。そのせいで、ほかより闇属性が嫌いみたいだね」

「魔王信仰……？」

初めて聞く単語に、ロゼッタは首を傾げる。

なんとも物騒な言葉だし、魔王は世界の敵なので信仰すべきではないことくらい子どもでも分かる。

（って言っても、その魔王って実は目の前にいるカインなんだよね……‼）

ゲーム知識のあるロゼッタは、カインの正体を知っている。

しかしカインの中の魔王は封印されているのか、まだ目覚めてはいない。

――が、いつ目覚めるのかはロゼッタにもわからない。

けれど絶対に言えることは、何があってもロゼッタはカインの味方であるということだ。

カインは果実水を一口飲み、話を続ける。

「どうやら、魔王を復活させようとしてる組織らしい」

「えっ⁉」

カインの言葉に、ロゼッタは驚いて目を見開く。

つまりカインを魔王として復活させようとしているのが魔王信仰で、それを阻止しようとしているのがロゼッタの母の実家ということではないだろうか。

（それは是が非でも実家に頑張ってもらいたい……）

カインが魔王復活せず平和に暮らすことができるのであれば、自分が忌避されるくらいどんどこいだ。

しかし、それだけでは足りない。


「……私たちで、魔王信仰を倒すべきじゃない？」


「いやいやいやいやいや、何言ってるのロゼリー。組織の規模や本拠地やら、いろんなことが謎に包まれてる組織だよ」

いくら自分たちがAランク冒険者といっても、まだ一六だ。裏の世界に踏み込むには、モンスターとばかり戦っていた自分たちでは圧倒的に経験が足りないのだ。

全力で反対するカインを見て、ロゼッタは肩を落とす。

（カインがそう言うっていうことは、私たちのレベルじゃ本当に厳しいんだろうな……）

これはもっと強くならなければ……と、ロゼッタは考える。

ひとまずの目標として、死亡フラグ回避に加えて魔王信仰をぶっ潰すというものもロゼッタのスケジュールに付け加えておいた。

5 ✦ 遠征授業

ロゼッタたちは遠征課題が行われる『泉の森』の入り口へやってきた。

森の中にいくつかの泉があり、それが名前の由来になっているらしい。

泉の水も澄んでいて飲むことができるため、生徒が初めての野宿を経験するにはもってこいなのだとか。


「最近学校ばっかりで、遠出の依頼はしてなかったから楽しみ」

ロゼッタが目をキラキラさせながら森を見回していると、ルイスリーズが「おいおい」と苦笑した。

「今回はあくまで授業の一環なんだから、変なことはするなよ？」

「ちょっ！　それじゃあ、私がいつも変みたいじゃない！」

ロゼッタがルイスリーズの言葉に頬を膨らませると、隣にいたカインも同意する。

「魔法を撃ちまくって無双してるくせに、よく言う……」

「普通だと思っているかもしれないけど、マナポーションをがぶ飲みしながら魔法を使いまくる戦闘は一般的じゃない」

「そんなぁ……」

普通の魔法使いは休憩をはさんだり、魔法の使用回数を調整するものなのだが……ポーションでマナを回復させるロゼッタはその概念がない。

(だって結局、マナポーション飲んだ方が効率がいいから！)


そこでふと、ロゼッタは考える。

もしかして――学園で『狩りはマナポーションを飲みながら行うもの』というのを流行らせておいたらいいのではないか……と！

そうすればロゼッタの行動が変なものではなくなるし、魔法使いはみんな狩りの効率が上がって、冒険者全体の質も向上するので、一石二鳥では……と。


なんてロゼッタがにやけ顔で考えていると、ルイスリーズとカインが「あれはろくでもないことを考えてる顔だ……」なんて失礼なことを話している。

しばらくすると、生徒全員が到着した。

静かだった森も生徒たちの声で賑やかになってきて、初めての遠征課題にロゼッタはテンションが上がってくる。

すると、自分を呼ぶ声が聞こえてきた。


「ロゼッタ様！　お待たせしましたっ！」

嬉しそうに手を振って、プリムがやってきた。後ろにはラインハルトとリュートもいるので、ここまで一緒に来たのだろう。

「なかなか綺麗な森ですね」

「ロゼッタ嬢の魔法を何度も間近で見られると思うと……たまりませんね」

ラインハルトがごく一般的な感想を告げた横で、リュートが少し変態的な言葉を口にする。魔法が大好きなので、ロゼッタの闇魔法を見たくて仕方がないのだろう。

生徒たちの声を遮るように、パン！　と教師の手を叩く音が響いた。どうやら、開始の時間になったようだ。

何人かの教師が前に出て、説明が始まった。

「この森でサバイバル演習をするにあたり、一つだけ課題があります」

教師の言葉に、生徒たちがざわつく。

なぜなら、事前に課題があることが説明されていなかったからだ。まさかの開始直前の不意打ちだ。

聞き漏らすまいと、生徒たちは真剣に教師の言葉を聞く。

「まず、それぞれの班にこの森の簡単な地図を配ります。リーダーは受け取りに来てください」

「はい」

教師の指示が出て、ロゼッタの班からはルイスリーズが代表して取りに行った。

ルイスリーズが受け取ってきた地図をみんなで覗き込む。

地図には森にある泉の位置や、目印になりそうな大きめの岩、ちょっとした広いスペースなどが描かれている。

これならば、サバイバル初心者でも安心できそうだ。

ロゼッタたちが地図を見ている間も、説明は続く。

「いくつかの泉に『光水の花』が咲いていますから、それを採取してきてください。もちろん、根からです」

サバイバル演習には、薬草採取の依頼も含まれているようだ。

採取をするときは、葉だけ、茎から、根ごとなど、種類によって方法が異なる。根からという場合は、根もなんらかの材料にできることが多い。

成長が早いものなんかは、葉だけ採取して次に残すということもする。すると、翌々日くらいには葉が復活していたりするのだ。

（森で過ごして、モンスターを倒して、さらに採取まで！　冒険者の基本を押さえてる感じ！）

ロゼッタたちには慣れたものだが、ほとんどの生徒にはいい経験になるだろう。

「この森は比較的難易度が低いですが、危険がまったくないというわけではありません。モンスターはスライム、フラワーラビット、ちょっと強くなるとウルフ、さらに奥へ行くとゴブリンが出ます。注意して泉を目指してくださいね」

「「「はいっ‼」」」

真剣な表情で、全員が返事をする。

スライムやフラワーラビットであれば、生徒でも問題なく倒すことができるだろう。

しかしウルフになってくると、素早さや攻撃力が桁違いに上がってくる。レベルの低い生徒が一人で対処するのはまず無理だ。

生徒たちの返事を聞いた教師は、一つ頷いて、もう一度注意を促した。

「いいですか。森の中では、絶対に一人になってはいけません。何があっても、最低二人以上で行動するように心がけてください」

冒険の最中に一人になる——という行動は、死に繋がることも少なくはない。

想定外のモンスターとの遭遇や、盗賊などの類に襲われる可能性だってある。もちろん、気をつけていても冒険をしているのだから道に迷ったり、大雨で遭難したり……普段ではまったく問題ないことが、時として試練のように襲ってくることもあるのだ。

「過去、この実習で命を落とした生徒はいませんが——何が起こるかわかりませんから、心して臨んでください」

「「はいっ！」」

説明のときより硬い教師の声で、これは脅しでもなんでもなく、事実だということがわかった。
適当にやっていれば怪我をするし、最悪命を落とすことだってあるかもしれない。

生徒たちの間に、緊張が走る。

「では、遠征課題『サバイバル演習』――始め！」

教師の声を合図にし、生徒たちはいっせいに動き出した。

「わあぁ～、森の中は想像以上に綺麗ですね。木々の合間から太陽の光が入ってきて、キラキラしています」

ここで遠征ができるなんてラッキーだと、ロゼッタは上機嫌になる。
今なら森の奥までスキップで行き、闇魔法でゴブリンを殲滅したっていいくらいだ。

しかしそんなロゼッタとは対照的に、プリムはびくびく震えながら歩いている。

「モンスターが出るんですよね……。私、スライムは何匹か倒したことがあるんですが、フラワーラビットは遠目から見ただけで、ウルフとゴブリンは……」

考えただけでも恐ろしいと、プリムは青ざめている。

そんなプリムを見て、そういえばヒロインの初期レベルは1だったことをロゼッタは思い出す。

とはいえ学園が始まって一ヶ月経っているので、数レベルくらいには上がっているだろうけれど……それでも厳しいことに変わりはない。

（本当なら、ここで攻略対象キャラたちと一緒にレベルを上げるはずなんだよね）

しかし悲しいかな、ルイスリーズも、ラインハルトも、リュートも、ロゼッタが幼少期に関わったせいで実は初期レベルをはるかに超えてしまっているのだ。

ルイスリーズにいたっては、Aランク冒険者にまで上り詰めている。

おそらくゲームが進んでラスボス戦になったとしても、ルイスリーズがいれば一人で魔王を倒すことは可能だろう。

もちろんこれはものの例えで、実際に魔王であるカインはロゼッタが倒させないし、まずカインを魔王になんかさせない予定だけれど。

……なので、プリム以外のメンバーはまったくといっていいほど恐怖を抱いてはいなかったりするのだ。

「大丈夫ですよ、プリム。確かに最初は恐いかもしれないですけど、それに慣れるためでもありますから。ちょっと強いモンスターと初めて戦うのが、授業だということをラッキーだと思いましょう？」

「ロゼッタ様……。確かに、そうですよね。私ったら、弱気になってしまってすみません」

プリムはロゼッタの言葉を聞き、気を取り戻したようだ。

ぐっと拳を握り、「頑張ります！」と元気に返事をした。

「さてと……とりあえず、ある程度進んだら野宿する場所を確保しよう。今日は初日だから、早めに拠点を決めて周囲の探索をする」

「わかりました！」

ルイスリーズの指示に、ロゼッタは頷く。

別に課題時間を競っているわけではないので、慎重になるくらいでちょうどいい。プリムも、きっとその方が安心だろう。

それじゃあ行動を開始――というところで、草木がガサリと揺れた。ちょうど、プリムの真後ろだ。

「きゃぁっ！　な、なにっ⁉」

プリムが慌てて草木から離れると、一匹のスライムが顔を出した。

「ど、ど、どど……っ、どうし、えっと、戦闘態勢に――」

「【ダークアロー】」

「「「あ」」」

プリムが大慌てしながらも、どうにか戦おうと決意した瞬間——無情にも一本の闇の矢がスライムを倒してしまった。

ルイスリーズ、カイン、ラインハルト、リュートの反応を見て、ロゼッタはなんの「あ？」なのかに気づき、ハッとする。

「え、あ、そうか、ごめん‼」

これは冒険ではなく、学園の授業だったことを思い出す。

きっと正解は、前衛と後衛、支援に分かれてスライムと戦闘を繰り広げるということだったのだろう。

おそらく陰で見ている教師も、生徒の一人が瞬殺してしまうことは想定していないはずだ。今頃、とんでもない班を担当してしまったと頭を抱えていることだろう。

ルイスリーズは肩をすくめつつも、苦笑しながらロゼッタを見た。

「ロゼッタ。まずは私とラインハルトが前に出るから、様子を見てから魔法を撃ってくれ」

「はーい」

なんとものんきなルイスリーズとロゼッタのやり取りを見て、カインはこれでいいのだろうか？　と、ため息をついた。


それからしばらくして。

再び草木がガサガサッと揺れ、ロゼッタは身構え——ずに、杖を持った手を後ろに回した。危ない危ない。

（攻撃はまだ駄目‼）

どうにも長年の冒険者の癖で、攻撃してしまいそうになる。自分の手を我慢だ〜と思いながら押さえ込む。

まずは班員で連携をし、可能であればプリムに実践を経験してもらうのが先だ。こういうことは、早くすましてしまうに限る。

出てきたモンスターは、フラワーラビットだ。

スライムとは違い、こっちはプリムが倒したことがないと言っていたので相手としてはちょうどいいだろう。

この世界で最も弱いであろうスライムよりはちょっと強いけれど、油断しなければ子どもでも倒すことができる。

まずはラインハルトがフラワーラビットの攻撃を剣で受け止めた。かなり余裕な様子なので、そのままフラワーラビットと対峙してもらっていて問題ないだろう。

「プリム、いけますかっ？」

「はいっ！」

ロゼッタの問いかけに、プリムが力いっぱい応える。

「光の妖精よ、生命の加護を我らに！【ライトシールド】」

瞬間、ラインハルトの体が光を帯びる。

これがプリムの使う初級の光属性の魔法――


「――って、防御魔法‼」


思わずツッコミを入れてしまった。

プリムにフラワーラビットを倒してもらう手はずだったのだが、光属性の初級魔法が防御魔法だったことはすっかり失念していた。

魔法での攻撃手段がない。

（そうだよ、光とか回復系のキャラって初手で攻撃魔法を覚えてなかったりするよね）

ロゼッタ自身、ゲームをプレイしていたけれどすっかり忘れてしまっていた。

薄っすら覚えていたのは、固有魔法が回復系だったことくらいだろうか。ほかの仲間がいれば重宝するが、序盤で攻撃系統の魔法が使えないのは辛い。

仕方がないと、ロゼッタは自分の杖をプリムに渡す。

「プリム、杖で殴ってフラワーラビットを倒しましょう」

「えっ」

ロゼッタの言葉を聞いたプリムは、見事にフリーズした。まさかそんなことを言われるとは、微塵も思っていなかったのだろう。

ぽかんと口を開けて呆けてしまっている。

ロゼッタは、そんなプリムの肩をがしっと掴む。

「いい？　プリム。今の時代、女やサポート担当だってフラワーラビットくらい倒せなきゃ駄目なのよ！」

いったいどんな時代だとツッコミを入れたいところだが、純粋なプリムは「確かに！」とロゼッタの言葉を肯定してしまう。

「そうですよね、私だってロゼッタ様みたいに格好良くフラワーラビットを倒してみせます‼」

「ええ、その意気よ‼」

女二人、ぐっと拳を握ってフラワーラビットに立ち向かう。

「ラインハルト様、私……」

「ああ。フラワーラビットは俺が押さえているから、遠慮せずに倒してくれ」

「――っ！　ありがとうございます‼」

プリムはフラワーラビット目がけて、ロゼッタの杖を勢いよく振り下ろす。が、フラワーラビットはダメージを負ったものの、まだ元気のようだ。

さらに二発、三発、四発……とフラワーラビットを杖で殴り続け、一五発くらい攻撃を入れた

ところでフラワーラビットを倒すことができた。

「はぁはぁはぁ……よかった、倒せた！」

プリムは感動して涙目になってしまっている。よほど、自分でフラワーラビットを倒せたことが嬉しいのだろう。

「いつも後ろからサポートをするだけだったんですけど、私も頑張ったらフラワーラビットくらいは倒せるんですね」

「そうよ。スライムやフラワーラビットは弱いから、プリムのレベルが上がればもっと簡単に倒すこともできるかもしれないわね」

「本当ですか？　頑張ります！」

ロゼッタの言葉を聞いて、プリムはさらなるやる気をみせた。


一時間ほどモンスターとの戦闘を繰り返し、ロゼッタたちは連携などの確認を終わらせた。

基本的なスタイルは、ラインハルトが先頭を歩き、ルイスリーズが周囲の警戒をするというもの。それにより、二匹目のモンスターが出ても対処できるようにする。

その後はリュートがメインで攻撃をし、その援護をロゼッタとカインが行う。プリムは初級魔法と固有魔法しか使えないので、サポートに徹してもらっている。

サポートと簡単に言っても、それにはマッピングも含まれている。

森の中で迷わないように地図を見ることと、支給された地図に岩や花など、様々な目印を追加で描き込むこともマッピングの仕事の一つ。

楽に思えるかもしれないが、パーティーにとってはとても重要な役割なのだ。


「もう少し右寄りに進んでいくと、小さな泉があるはずです」

ロゼッタの横を歩くプリムが指示を出すと、先頭のラインハルトが「わかった」と頷く。

歩く方向を右寄りに修正したラインハルトの目の前に、フラワーラビットが飛び出してきた。

パーティーが戦闘態勢になる前にラインハルトが一撃で倒す。

（パーティーの必要性とは）

——と、そう思ったのはきっとロゼッタだけではないだろう。

最初こそきちんと役割を決めてパーティー戦闘の練習をしていたけれど、今ではそれぞれが単独で動いてモンスターを倒している。

（まあ、強いモンスターもいないからこんなものかな……）

なんてマナポーションを飲みながらロゼッタが考えていたら、ガサガサっと草木が揺れて一〇匹以上のフラワーラビットが顔を出した。

「「「——っ‼」」」

さすがに数が多いせいか、ラインハルト、リュート、プリムの三人は息を呑んで身構える。が、そんなことを気にしない人物もいる。

「闇の妖精よ、黒き疾風を。【ダークストーム】」

あっさり放たれた範囲魔法によって、一〇匹以上いたフラワーラビットはあっけなくやられてしまった。

「「「………………」」」

全員がなんともいえない顔をしている。

「ロゼッタ様、もしかしたら今のは数の多いモンスターに対峙した場合の連携訓練をした方がよかったんじゃ……」

「あ」

ぽつりと呟かれたカインの言葉に、ロゼッタは確かにそうだと頭を抱える。

（モンスターが出ても、みんな個別で処理してたから私もそれでいいかなあ、なんて思っちゃったよ……！）

しかしカインとは対照的に、プリム、ラインハルト、リュートは目をキラキラさせている。

「わあぁ……すごい、さすがロゼッタ様です」

「また腕に磨きがかかってますね、ロゼッタ嬢……！」

「もっとほかの魔法も見てみたい……‼」

どうやら三人は、ロゼッタの魔法の格好良さに感動してしまったようだ。

ちょっと褒めすぎでは？　と思いつつも、闇魔法をこうもう手放しで褒められるのは――正直、嬉しい。

（特にラインハルト様なんて、ゲームでは闇属性を嫌悪してたのに）

自分と関わることで、闇魔法に関する考え方が変わってきてくれたのなら嬉しいなと、ロゼッタは思った。

そしていつものようにロゼッタは鞄から取り出したマナポーションを飲み、みんなと歩き始める。

その様子を見たルイスリーズは、ロゼッタがまたマナポーションを飲んでいると苦笑するのだった。

数十分歩くと、プリムの言った通り泉があった。

泉の水は澄んでいて、とても綺麗だ。

草花が咲いていて、椅子の代わりにできそうなちょっと大きめの石も落ちている。周囲は少し開けているし、拠点作りにはもってこいの立地だろう。

「ここを拠点にしよう」

「はーい」

ルイスリーズが拠点を決めたようなので、ロゼッタは鞄を下ろして一息つく。実はこの鞄、なかなかに重かったりするのだ。

(いつもの癖でマナポーション持ってきすぎちゃったんだよね)

ロゼッタは普段の戦闘でばかすか魔法を撃つので、マナが足りなくならないようマナポーションを飲みまくって回復しているのだ。

ちなみに普通の魔法使いはそんなことをせず、魔法の回数を調整したり休憩をはさんだりする。

ずしんと音を立てて地面に置かれたロゼッタの鞄を見て、ラインハルトが「なんでそんな重そうな音が?」と不思議そうにしている。

それに答えたのは、ルイだ。

「ロゼッタは普段からマナポーションを大量に持っているんだ。……結構重たいぞ、その鞄」

「ふむ……? む……むむ、これは確かに重いな……!」

興味本位でロゼッタの鞄を持ったラインハルトが驚いている。想定していたよりも、ずっと重かったのだろう。

「え、そんなに?」

次に興味を持ったのは、リュートだ。

ロゼッタの鞄を持ち上げようとして、腰を曲げたまま……静止した。

「え？　これって魔法職の持つ荷物の重さじゃないよね？」

リュートは自分の鞄の倍以上の重さがあると、ロゼッタを見る。

「二人してまたそんな……。ちょっと多めにポーション類を入れているだけです」

ロゼッタがそう言って鞄を開けると、大量のポーションがぎっちり詰まっていた。長年の研究により、鞄にたくさん入れられる入れ方を極めたのだ。

……まあ、その分重いのだけれど。

「すごい……私もロゼッタ嬢を見習って、もっとポーションを持つようにしてみます！」

「リュート様は魔法使いなので、マナポーションは必須です！　たくさんあれば、自分のマナを気にせず魔法を使えますからね。持てるだけ持つといいですよ」

「はいっ！」

ロゼッタの説明に、リュートは大きく頷く。

そしてすぐに、真剣な表情で、口元に手を当ててぶつぶつと独り言が始まった。

「でもそうすると、マナポーションをもっと効率よく持ち運んだりできる魔道具があってもいいですよね……以前作った鞄を改良……？　いや、それよりも魔石を使って圧縮の……でも、そうするとあっちが上手くいかない……？」

どうやらリュートは思考モードに入ってしまったようだ。

（いつか無限にポーションが入る魔法の鞄を作ってくれないかなぁ……）

必死に考え込むリュートを見て、ロゼッタはそんなことを思うのだった。

まずはさくっとテントを張り、寝床の準備を終わらせる。

次に、暗くなる前に薪をたくさん集める。モンスターや野生動物がいる森や山などでは、夜の間も見張りが必要だし、火を絶やすことはできない。

それがだいたいの野宿の流れ。

「じゃあ、私が夕食の下準備をするので……ロゼッタ様とプリムは薪を拾ってきてもらっていいですか？」

「もちろん」

「わかりました！」

拠点作りに関しては、カインが一番詳しいので仕切ってもらう。

「それからルイスリーズ様とラインハルト様は、周囲にモンスターがいないか警戒を。ここが見える範囲にいてくれるなら、多少は動いても問題ないかと思います」

「わかった」

「周囲の安全確保は大切だからな」

ルイスリーズとラインハルトもカインの指示に従い、周囲の見回りを開始した。

「リュート様は魔法が得意なので、調理などの手伝いをしてほしいです」

「お安い御用です」

「ありがとうございます。土魔法で小さめの窯とか作れますか？」

今までは焚火で料理をするだけだったカインだが、せっかくリュートがいるので少し凝った料理に挑戦しようとしているようだ。

窯があれば、料理の幅が広がる。

「作ったことはないが……小さいものでいいなら、とりあえずやってみよう。おそらく【ウォール】を応用すればどうにかなるはずだ」

魔法でこういったことに挑戦するのも楽しいですねと、リュートは微笑んだ。


そのころのロゼッタとプリムはというと……。

木の枝を拾いつつ、いったいどれだけ豪華な夕食になるのだろうと……お腹を鳴らしていた。

「カインの作るご飯はとっても美味しいから、期待していて。普通の野宿では考えられないくらい、快適なんですよ」

胸を張って言うロゼッタに、プリムが「それは楽しみです」とはしゃいでいる。

「私は戦えないので、せめて料理くらいは……と思っていたんですけど、カイン様の手際のよさには敵いそうにありません」

プリムは拠点で夕食の準備を進めるカインとリュートを見て、ため息をついた。

「そんなことないわ。プリムは支援魔法で、立派に戦っているじゃない」

「ロゼッタ様……」

「確かに戦うことは一人でもできるけど……やっぱり、パーティーに支援してくれる人がいると心強いんだよ」

（それに、私が死にそうになったら助けてもらえるだろうし……‼）

といいつつ、死亡フラグの元凶が目の前のプリムでもあるのだけれど。

（なんだかゲームシナリオとまったく違う人間関係になってきてるから、もしかしたら……って思い始めちゃうんだよね）

そんなことを思いながら、ロゼッタは急いで木の枝を拾った。

閑話　お友達になりたい大作戦

この乙女ゲームのヒロインプリムは、強い人に憧れを抱く傾向にある。

その最たる例が、クラス分けの実技試験ですごい魔法を放ったロゼッタだった。


クラス分けの試験が終わり、帰宅したプリムはベッドの上でごろごろ転がって「きゃ〜っ」と黄色い悲鳴を上げた。

「ロゼッタ様、すっごく格好よかったなぁ……私もいつか、あんな風に魔法を使える日が来たりするのかな……」

けれど自分が使えるのは防御魔法と回復魔法だけなので、同じように……というのは難しいかもしれない。

「でもでも、憧れるのは自由だもんね！　明日さっそく声をかけて――」

そこまで考えて、プリムはもしかして図々しいのでは？　という答えに辿り着く。

「だって、ロゼッタ様は貴族で……しかも王太子殿下の婚約者様だよ！　友達になりたいなんて、もしかして恐れ多かったんじゃ……」

むしろ平民の自分が話しかけていいのだろうか？　という根本的な疑問すら浮かんでくる。

「そうだ、こんなときは『学園のしおり』を確認すればいいんだ！」

プリムはベッドから起き上がって、机の上に置いておいた冊子を手に取る。

ここには、学園での過ごし方や、入学に必要なものなどが書かれているのだ。これを読めば、平民の貴族への接し方についてもわかるだろう。

（えーっと、なになに……）


「学園では身分による差はないものとする。よって、貴族、平民、ともに同様の立場で扱う」


つまり、王族であろうとも、公爵家であろうとも、平民であろうとも……その身分を気にすることなく過ごせということだ。

「貴族は平民を下に見てはいけない。対等に接するように……こんなにハッキリ書いてあるんだ」

ということは、プリムがロゼッタに声をかけてもなんら問題はない。

「問題はないけど……ドキドキする」

プリムにも友達はいたけれど、貴族の友達……というのは前例がない。何か無礼なことをしてしまったらどうしようという不安もある。

今からとてつもなくドキドキしてしまう。

「でも、勇気を出して声をかけてみよう。何か間違いをしちゃったら謝って……学校なんだから、マナーの先生に教えてもらおう！」

そうポジティブに考えて、プリムはしおりを机の上に置いて、再びベッドへ寝転がる。

さすがに、今日の筆記試験と実技試験の連続は疲れるものがあった。

「……初代国王様の名前がわからなかったんだよね。まさかそんな古い問題が出るなんて思わなかった」

筆記試験は、おそらく真ん中かそれよりちょっと上くらいの成績だっただろう。

しかしプリムは実技試験の成績がいいので、Aクラスになることができた。固有魔法の全体回復も、光魔法の防御も、どちらも重宝するからだ。

「でも、学科も頑張らなきゃだ！」

Aクラスから落ちるようなことがあったら、ロゼッタと友達になるなんて夢のまた夢だろう。

「……明日、楽しみだなぁ」

プリムは学園生活に夢を見つつ、そのまま眠りに落ちた。

閑話　大好きな魔法

リュート・アールグレーは、魔法が大好きだ。

将来的には新たな魔法を作り出すのが目標で、今は魔道具作りの技術も磨いている。リュートは貴族の間でも、才能のある魔法使いとして一目置かれているのだ。


「はぁ、ロゼッタ嬢の魔法は何度見てもすごいな……」

「……ロゼッタ様は規格外ですからね」

「あ、声に出してしまっていたか」

無意識の内に言葉を発していたことに気づき、リュートは苦笑する。

相槌を打ってくれたのは、カインだ。

今は窯を作り終えて、二人で夕食の準備をしている。

「しかし……ルイスリーズ殿下もだが、カイン、お前もかなりの実力なのだな。その上、こうして料理や野宿、すべて手際がいい」

うらやましいと、リュートは思う。

「私は今までずっと魔法ばかりで……こういったことにも慣れておかなければならないと、つくづく考えさせられる」

「いえ、十分適応できているかと思います」

「世辞は別にいらないさ」

カインの言葉に軽く首を振って、リュートはロゼッタのことをカインに聞いてみることにした。

「ロゼッタ嬢は、いつもあんな感じなのか？」

「えーっと……そう、ですね」

いつもはもっとぶっ飛んでいるのだが、さすがにそれを口にするのは憚られる。いつもいつも、ロゼッタに振り回されるのはカインとルイスリーズだ。

歯切れの悪いカインの返事に、リュートは笑う。

「実は、私がこうも魔法に入れ込んでいるのは……ロゼッタ嬢の影響なんだ」

「あ、前にオークの森で会ったときですね」

「いや、それよりもっと前だ」

「もっと？」


あれはそう、リュートが初めてフローレス公爵家へ行ったときのこと。

「すまないな、リュート。今日は一緒に出かける約束だったのに、用事が入ってしまって」

「いえ、大丈夫です」

リュートが父親と街へ出かける直前、急遽フローレス公爵への用事ができてしまったのだ。

「すぐに終わるから、そうだな……庭園を散歩させてもらったらどうだ？」

「はい」

父の言葉に頷き、リュートは父とフローレス公爵が応接室へ向かうのを見送った。


（ん～、ベンチに座ってのんびりしてようかな……）

散歩と言われても、別に体を動かすことも好きではないし、庭園の花をめでる趣味もない。一二歳は遊びたい年頃だろうに、リュートはそういったことが全くなかった。

リュートは陽当たりのいいベンチに座り、ふうと一息つく。

目を閉じると風が気持ちよくて、このまま眠ってしまいそうだ。

（って、よそ様の庭園で眠るなんていけない……）

ふるふる首を振り、立ち上がろうとしたら――


ドゴオオォォォン！


という爆発音とともに、黒い矢が空に向かって飛んで行った。

「――は？」

思考が停止するとは、こういうことを言うのだろうか。

その光景はあまりにも鮮烈で、リュートの心を一瞬で鷲掴みにした。

ドッドッドッと加速する心臓の音が聞こえる。こんな風になったのは、生まれて初めてかもしれないと思う。

とても高揚していると、自分でもわかった。

「魔法——だよ、ね？」

今まで魔法を使ったことはあるし、なんならリュートは魔法の才能があると周りにもてはやされていた部類だ。

けれど、自分にここまですごい魔法は撃てない。

「私も、いつかあれほどの魔法を使えるようになるだろうか」

幼いリュートは、このときからずっと——魔法に対するワクワクが止まらなくなっていたのだ。


リュートが話し終えると、カインは頭を抱えていた。

「ロゼッタ様らしいといえば、ロゼッタ様らしいですけど……」

「あの爆発を起こしたのがロゼッタ嬢だと確信したのはつい最近だけれどね。ずっと私の心を躍らせてくれるのは彼女なんだ」

なので、今回のサバイバル演習でもどんなすごいところを見せてくれるのか、リュートは楽しみで仕方がないのだ。

「——って、喋りすぎてしまったか。このこと、ロゼッタ嬢には内緒にしてくれ」

「わかりました」

「ありがとう。さあ、急いで夕食を作ってしまおう」

リュートは食材を手に取って、作業を再開した。

6✦異変の前兆

野宿の準備も一段落し――さあ夕食だというタイミング。スープの美味しそうな匂いが広がり始めると共にソレは起こった。

がさりと揺れた木々に真っ先に反応したのは、ルイスリーズ。

すぐに立ち上がって剣を構え、声をあげる。

「――ウルフだ‼」

「「――っ‼」」

ルイスリーズの声を聞き、ラインハルトがすぐ剣に手をかける。そしてそのまま、自分の方へ跳んできたウルフをその剣で受け止めた。

「く、うぅっ」

「よく受け止めた！　プリム嬢、すぐに防御を！」

「はいっ！」

すぐにルイスリーズが次の指示を出す。

「――【ライトシールド】‼」

プリムが素早く防御魔法をかけると、ラインハルトに余裕が生まれる。

何度かの戦闘でプリムはコツを掴んだようで、こうしてすぐに魔法を使ってサポートすることが上手くなってきた。

ラインハルトはウルフの攻撃を剣で受け流し、後衛に狙いが行かないよう注意を引き付ける。

「リュート、魔法を！」

「火の妖精よ、眼前の敵を撃て！【ファイア】‼」

力強いリュートの言葉とともに、出現した炎がウルフに直撃する。『ギャインッ』と声をあげて、ウルフが消えた。


（よかったぁ）

手を出さずに見守っていたロゼッタは、ほっと胸を撫でおろす。

ウルフは森を少し進むと出てくると教師が言っていたので、ロゼッタたちは初日にしては十分進めたのだろう。

さらに、ルイスリーズの助言はあれど、戦闘に不慣れだったプリムたちだけで倒すことができたのもかなり自信に繋がったはずだ。

「ふぅ……よかったぁ」

ウルフを倒せた安堵からか、プリムはへたりと座り込む。どうやら、張りつめていた緊張の糸が切れてしまったようだ。

「プリム、大丈夫？」

ロゼッタはへたり込んでしまったプリムの下へ行き、手を差し出す。

「はい！　ありがとうございます、ロゼッタ様」

プリムはへにゃりと笑って、ロゼッタの手を取った。そのまま立ち上がり、お尻についた汚れを手で払う。

それから、ロゼッタは前衛を務めてくれたラインハルトを見る。

「怪我はないですか？」

「ええ、大丈夫です。ロゼッタ嬢と初めてオークの森で会ってから、これでも結構鍛えてきたんですよ」

「かなり戦闘慣れしてる動きでしたね」

「はい」

ラインハルトの現在のレベルは知らないけれど、ゲームスタート時のレベルを大幅に超えているのだろうことはわかる。

元々ロゼッタがレベル上げを手伝ったことが原因なのだけれど……。

「……でも、今のウルフ……なんだか」

「え？」

「あ、なんでもないです。ウルフ、無事に倒せてよかったです」

何かを言いかけたラインハルトだったけれど、「大丈夫です」と首を振った。

「そう？」

周りを見渡した後、ロゼッタが「平気でしたか？」と声をかける。

「スープは無事ですよ」

「えっ」

「ならよかった」

「えっえっ」

ロゼッタの声かけにラインハルトでもリュートでもなくカインが頷くと、プリムが「そこなんですか⁉」と戸惑っている。

もちろん班員の身の安全も大事なのだが、今は美味しいご飯も大事だ。やはり野宿といえば、カインの美味しいご飯がなければ始まらない。


しかしまた、新たなウルフが茂みから飛び出してきた。

「もう一匹いたのか⁉」

ラインハルトが声を荒らげて再び剣を構えるが……今度のターゲットは、ルイスリーズだ。

「殿下‼」

焦るラインハルトの声とは裏腹に、ルイスリーズは平然としている。

「夜になったから、ウルフの数が増えてきたのか？　――よっと！」

ウルフが増えた原因を口にしながら、ルイスリーズはあっさり一太刀で倒してしまう。これではそこそこ強いウルフがまるで雑魚だ。

「わあぁぁ、やっぱりすっごく強いですね。えと、怪我をしていたら回復しますが――」

「問題ない」

「ですよね」

プリムの申し出に、ルイスリーズはかすり傷一つないと笑う。この班なら、ドラゴンが出て来ても倒せてしまいそうだ。


二匹もウルフが出てきたので、夕食の前に周囲の見回りをする。幸いほかにモンスターはいなかったようで、やっと落ち着くことができた。

先ほどからずっといい匂いがしていたので、ロゼッタたちはもう腹ペコなのだ。

カインが作ってくれたのは、野菜とソーセージのスープに、ベーコンやチーズがたっぷり乗ったピザ。野宿の食事だと考えると、かなりレベルが高い。

というか、普通にお店で出しても問題ないレベルだ。

ラインハルトが「すごくいい匂いだ！」と早く食べたそうにしている。

「たくさんあるから、好きなだけ食べてください」

カインが全員分のスープをよそい終えると、楽しい食事が始まった。

「ん～～っ！　やっぱりカインのご飯は最高ですね！」

「すごく美味しいです！　私、カイン様と一緒の班になれて幸せです」

ロゼッタが絶賛する横で、プリムもピザに舌鼓を打ちながらカインのことを褒めている。とても可愛い笑顔で、ロゼッタもメロメロになってしまいそうだ。

(天使の笑みで幸せ、なんて言われたら……世の男は全員落ちてしまうのでは？)

なんて考えてしまう。

だというのに、カインの態度はいつも通り。

「ありがとうございます」

(さすがはカイン、ぶれない……)

「なんですかロゼッタ様……じっと見られると食べづらいんですけど……」

「あ、ごめんごめん」

なんでもないと笑いながら、楽しく食事を続けた。


「「「ハンモック⁉」」」

そして、夜。

見事に、プリム、ラインハルト、リュートの声が重なった。

三人が見たのは、ロゼッタたちが用意していたハンモックだ。

テントがあるとはいえ、地面に直接寝袋を置いて寝ると、体が痛くなってしまう。けれど、ハンモックがあればそういった不快ともおさらばできる。

「ふっふー、これぞ野宿の鉄則！」

「「「おおおぉ～‼」」」

ロゼッタはドヤ顔で三人に野宿のことを教えているけれど、元々ハンモックを愛用していたのはカインで、それを真似しただけだ。

偉そうにふんぞり返るロゼッタを見て、ルイスリーズとカインは初めて三人で野宿したときのことを思い出し、苦笑した。


ラインハルトがハンモックに触れて、うんうん頷いている。

「強度もありますし、荷物としてもそこまでかさばらないからいいですね。野宿も結構慣れてきたと思っていたのですが、完全に盲点でした……」

とても勉強になりますと、ラインハルトは真面目だ。

（もっと気楽に考えていいんだけど……）

「ええと……ラインハルト様もよく野宿を？」

ロゼッタが疑問を口にすると、ラインハルトは頷いた。

「私は学生の身ではあるのですが、騎士団にも籍を置いているので……訓練の一環で野営をすることはあります」

ラインハルトの言葉に、確かにそんな設定があったことを思い出す。

ヒロインと共にめきめき実力をつけたラインハルトは、在学中に騎士団長の地位を得る……というシナリオになっている。

「あとは、私と二人で野宿をしたことがあります。ラインハルトは料理ができなくて、とても大変だったんですよ」

「待てリュート、それはお前だってそうだろう⁉　それにそっちだって、森の中は眠れないとか言っていたじゃないか」

話にリュートが加わり、ラインハルトと二人で思い出話をしてくれた。

（わかるわかる。仲間と一緒って、楽しいよね）

ロゼッタがくすりと笑うと、ラインハルトがばつの悪そうな顔で頭をかいた。

「昔ロゼッタ嬢にお会いして以降、定期的に二人で特訓をしていたんです」

「最初は戦闘も野宿も慣れなくて、とにかく大変だったんですけどね……って、今も慣れたかって言われたら怪しいですけど」

「そうだったの……」

思いのほか早くから鍛錬をしていた二人に驚いた。

「その甲斐もあって、さっきのウルフも対処できたんだと思います。この森のモンスターは、今の私のレベルにちょうどいいみたいですから」

きっと遠征課題が終わるころには強くなっているはずですと、ラインハルトたちは嬉しそうに笑った。

「ロゼッタ様、お背中をお拭きします」

「わ、ありがと～！」

女子テントの中で、ロゼッタとプリムは体を拭いていた。さすがに泉で水浴びをするのは難しいので、濡らしたタオルを使っている。

森の中は日ざしが遮られているとはいえ、ずっと動いているのでかなりの汗をかいたし、泥などの汚れも気になるところだ。

なので、こうしてゆっくりできる時間はとても貴重でありがたい。

「気持ちいいですね」

「よかったです」

背中を拭いてもらいさっぱりしたロゼッタは、次は自分の番とプリムの背中を拭いてあげる。

「……さすがに、ロゼッタ様に背中を拭いてもらうのはどうかと思ったりしてしまいます」

公爵家の令嬢になんてことをさせているんだ⁉　と、プリムが若干震えている。

確かにプライドばかり高い貴族もいるので、そういう人間だったら怒ったりするだろう。けれど、ロゼッタはそんなことちっとも気にはしない。

「大丈夫、だって同じ班の仲間ですから」

「仲間……嬉しいです」

素直な気持ちを言うプリムに、ロゼッタも笑顔になる。

（本当だったら、様なんて敬称もいらないんだけどね……）

しかし口調まで変えてしまうと、プリムがほかの貴族から図々しいと目をつけられてしまう可能性がある。それは避けたいのだ。

最終的にロゼッタと関わらなければ平和に暮らせたのでは？　なんて逆恨みをされて死亡フラグが立ってしまっては大変だ。

「はい、おしまい……っと！」

「ありがとうございます、ロゼッタ様」


「どういたしまし、ふあぁあぁ」


返事をし終わるより先に、特大の欠伸がやってきてしまった。

ロゼッタは慌てて口元を押さえて、プリムを見る。

「わ、ごめんなさい……わたくしったら。夜型だから、この時間に眠くなることはほとんどないんですけど……」

「今日は大変な一日でしたから、疲れたんじゃないですか？　私もへとへとです」

「そんなことは……あ、でも今日はいつもより少し早起きしたんでした」

朝方にカインが訪ねて来て話をしていたので、起床時間がちょっと早かったのだ。この睡魔はきっと、それも含まれているのだろう。

「回復魔法をかけますか？」

「いいえ、大丈夫です。それは怪我をしたときにお願いします！」

「そのときは任せてください！　ロゼッタ様の回復は、私がしますからっ！」

「～～～っ！」

回復は私がしますというのは、なんというパワーワードだろうか。嬉しくて涙が出てしまいそうになる。

（うぅ、涙腺が緩くて大変……）

「私もモンスターを倒して、プリムを守るわ！」

「ありがとうございます、ロゼッタ様！」

ロゼッタとプリムは手を取り合って、見つめ合った。


髪をとかしながら、ロゼッタはプリムに声をかける。

「最初の見張りはラインハルトとカインだったから……私たちはさっさと寝ちゃいましょう」

「はい！　私とロゼッタ様の順番は三番目なので、まとまった睡眠をとれますね」

「そうね」

夜の間は、モンスターが襲ってこないか見張りを立てる必要がある。

今回の班は六人と人数に余裕があるので、二人ずつで順番に見張りをしていく。

一番目がラインハルトとカイン。

二番目がルイスリーズとリュート。

三番目がロゼッタとプリム。

この組み合わせにした理由は、前衛と後衛でペアにしているからだ。

ただ、ロゼッタとプリムだけは例外。

ロゼッタの火力がすさまじいということもあり、何か問題があってもモンスターとの戦闘が長引かないと予想して組まれている。


「きっと見張りの良し悪しも先生たちが監視してるでしょうから、頑張りましょう！」

「はいっ！」

えいえいおー！　と二人して気合を入れて、ロゼッタはハンモック、プリムは寝袋に入って就寝した。

「…………」
眠りに入ったはず——なのだが、ロゼッタはなかなか寝付けないでいた。というのも、なんだか体が気持ち悪いのだ。

ハンモックの中で丸まるような体勢を取ってみるが、気持ち悪さに変化はない。

（うぅ～ん、薬を飲むほどでもないかなぁ。気圧の変化とか、疲れとか、そういうところからきてるのかな？）

ただ、野宿には慣れているし、日中にハードな戦闘があったわけではない。そのため、疲れが原因ではなさそうなのだけれど……。

（でも、めちゃくちゃ眠かったし……）

やっぱり早起きしたのが原因だろうか。

（それとも、学園の授業だからいつもより気を張ってたのかな）

プリムたちとパーティーを組んだのは初めてで、順調に進めたとはいえ気遣う場面が多々あったのも事実。

おでこに手を当ててみるが……熱はないようだ。

（こういうときは、寝るしかない）

朝方には見張りの順番が来てしまうので、ちょっとでも長く睡眠をとりたい。ロゼッタは羊を数えながら、目を閉じた。

7 ✦ 夜中の見張り番

最初の見張りは、カインとラインハルトの組み合わせだ。

(今更だけど、俺はルイとの方がよかったな……)

と、思わず考えてしまった。

(まあ、いい人だっていうことはわかってるけど)

いかんせん相手は貴族、どうしても緊張してしまうところはある。

学園で一緒に過ごすことは多かったし、同じ班を組んでからは戦闘面での連携も上手く取れるようになった。そのため、仲良くはある。

カインが焚火に薪を加えていると、ラインハルトが話しかけてきた。

「野宿の準備を見ていたが、本当に手際がいいな……。この遠征中、ぜひいろいろなことを教えてくれ」

「あ、はい。私でよければ」

「ありがとう!」

ラインハルトは嬉しそうに笑い、カインと同じように火に木の枝をくべる。

「朝まで火をつけることを考えると、もう少し枝を拾ってきた方がいいかもしれないな」

「でしたら、私が――」

「いや、私が拾おう」

「え、いえいえ、ここは私が！」

（貴族に木の枝を拾わせるわけにはいかないだろっ）

カインは慌てるも、ラインハルトはあっけらかんとしている。

自分が貴族であることと、カインが平民であることは、特に気にしていないようだ。

「そんなに気を使わなくて大丈夫だぞ？　同じ班員で、仲間だ。そこに身分なんて関係がないことは、カインもよくわかっているだろう？」

だから気にするなとラインハルトが告げた。

「私が木の枝を集めている間に、何か夜食でも頼むよ。私は料理が上手くないから、カインに任せた方がいいだろう」

適材適所、ということらしい。

（そういえば、肉が少し余ってたっけ……）

カインが作れるものを考えていると、それを察したラインハルトが「頼んだぞ」と言って歩き出してしまった。

「ちょ、ラインハルト様！　遠くには――」

「大丈夫だ、周りで拾うだけだから、姿が見えなくなるような場所にはいかない」

「わかりました。よろしくお願いします」

ラインハルトは拠点から一〇メートルほどの場所で、木の枝を集め始めた。

「ん、これなんかよく燃えそうだ」

一本二本と、どんどん木の枝を拾っておく。

「リュートたちはいいが、女性に寒い思いをさせるわけにはいかないからな」

今は夏だが、夜の森は冷えやすい。

どんどん拾っていくと、いい匂いが漂ってきた。

「おぉ！　この匂いは肉だな」

拠点を見ると、カインが何かを作っているところだった。これは枝拾いにも精が出るというものだ。


それから両腕で抱えるほどの木の枝を拾い、ラインハルトはカインのところに帰ってきた。

「わ、すごい量ですね！　それだけあれば、朝まで十分持ちます。ありがとうございます、ラインハルト様」

「ああ。そっちも美味そうな匂いだな……」

ごくりと、喉が鳴る。

「といっても、大したものじゃありませんよ。肉を串に刺して焼いただけですから」

「いやいや、十分だ！」

とても香ばしい匂いがしていて、先ほどから食べたくて仕方がなかった。

ラインハルトが腰かけると、すぐにカインが串焼きとお茶を用意してくれる。なんとも至れり尽くせりだ。

「「いただきます」」

すぐ肉にかぶりつくと、口内いっぱいに肉汁が広がった。

それは噛みしめるほど濃厚になり、肉の弾力と相まっていつまでも噛んでいたいと思わせるような一品だった。

「美味いな」

「ありがとうございます。お口に合ってよかったです」

それからは二人とも無中で平らげて、一息つく。

(モンスターの気配もないし、何事もなく見張りも終えられそうだ)

初日にしては、かなり順調な部類だろう。

(どうせなら、朝食の準備でもしておこうかな)


「……いい班だな」


カインがそんなことを考えていると、ラインハルトがぽつりと言葉をもらした。

「そうですね」

カインが同意すると、ラインハルトは「実は……」と言葉を続けた。

「入学式でロゼッタ嬢を見たとき、信じられん！　と思ってしまったんだ」

「あ――黒髪だったからですか？」

「そうだ」

ラインハルトは手を組みながら、目線を下に落とす。

「いや、だからといって私が黒髪を忌避しているわけじゃないんだ。小さいころは、親の影響もあってその傾向もあったが……オークの森でのことが、私の意識を変えたらしい」

オークの森での出会いは、実はラインハルトという人間の根本を大きくゆるがすほどの大事件だったのだ。

以来、闇属性はよくないものだけれど、ロゼリーは好感の持てる人。ラインハルトは、そんな風に考えていた。


からの、学園への入学。

まだロゼリーがロゼッタだったと知らなかったラインハルトは、とんでもない！　と、思ってしまったのだ。

ロゼッタは仮にも王太子の婚約者。

それが、黒髪をむき出しでくるなんて……！　と。もう少し周囲のことや貴族の闇属性への忌避など……配慮しなければいけないのではないか――そう思ったのだという。

しかし、実際はどうだったろうか。

「すさまじい闇魔法で、あっという間に生徒を虜にしてしまわれた……！」

「とりこ……」

ラインハルトの言い方は果たして合っているのだろうかと疑問を持ちつつも、ロゼッタが認められたということは素直に嬉しいとカインは思う。

「なあ、カイン」

「はい？」

「私とリュートは、もうオークも倒せるようになった。だから、今度はみんなでオークを狩りにいかないか？」


「ハイヨロコンデー」


いい話風になるとみせかけて、最終的にオークを狩りに行くという話になってしまった。

（ラインハルト様って、思考がロゼリーに似てるのかもしれない……）

カインがそんなことを考えていたら、ふいに背筋にぞくりとしたものを感じた。

「――っ⁉」

すぐさま立ち上がって周囲を警戒してみるが――怪しい気配は、何もない。

「カイン、どうしたんだ⁉　モンスターか⁉」

ラインハルトも剣に手をかけて、周囲に意識を巡らせる。――が、カインと同様で別段怪しい気配はない。

「……すみません、勘違いだったみたいです」

「そうか、ならよかった。なんとも、夜の見張りは緊張するな。今ので体が少しほぐれたみたいだ」

ラインハルトは座り直し、お茶を入れてくれた。

「さ、これでも飲んでゆっくりしよう」

「ありがとうございます」

それから見張りの交代になるまで、カインとラインハルトはのんびり雑談をした。

8 ✦ 光のない瞳

——真夜中。

ロゼッタはふいに嫌な気配を感じて、目が覚めた。

「むぅ……？」

眠い目を擦りながら、テントの外の様子を探るように耳を澄ます。

パチッと焚火の火が弾ける音と、風の音。それと、雑談をしているらしい、ルイスリーズとリュートの小さめの声。

（何を話してるかまでは、聞き取れないや）

けれど、周囲に危険はなさそうだ。

（私の勘違いかな……）

ロゼッタ自身の気分は寝る前とそんなに変わらないが、悪寒のようなものがする気がしなくもない。

軽くかけていたタオルケットを肩のところまで引っ張って、自分を抱きしめるように丸まる。

するとちょうど、ハンモックの隙間から床で寝ているプリムが目に入った。

（プリムはちゃんと寝られてるかな？）

今日、一番大変だったのはプリムのはずだ。

レベルも低く、森の獣道にだって慣れていない。靴擦れで血だらけになった足をこっそり回復魔法で治していたことを、ロゼッタは知っている。

（本当、ヒロインいい子すぎ――っ!?）

何事にも一生懸命で、自分のできることを探してやろうとする。そのまっすぐな心根に、きっと誰もが惹かれるのだろう。

ロゼッタが攻略対象キャラクターだったとしても、きっと惹かれている。

「……明日も頑張らなきゃだ」

ロゼッタが小さな声で呟いて――ふいに、ぞくんと嫌な汗がどっと体中に溢れた。

「――――!?」

咄嗟に手で口元を押さえる。

先ほど感じた嫌な気配に、ロゼッタはそれを結論づけたくなかった。体調不良からきた何かだろうと、そう思えたらどんなに楽だったか。

（――どういうこと!?）

プリムが――ロゼッタのことを、睨んでいた。

「見張り交代の時間だ。ロゼッタ、プリム嬢、準備はどうだ？」

ルイスリーズの声に、ロゼッタはパチッと目を開く。

「……っ！」

そしてすぐに体を起こし、思わず周囲を見る。

（え？　私、寝てた……？）

自分はつい先ほどまで、プリムに睨まれ、嫌な気配を感じながらハンモックで寝たふりをしていたはずなのだが……。

しかし、ルイスリーズの声で目を覚ました。

（もしかして、具合が悪くて寝落ちしたとか？）

なんとも緊張感がなかったと、ロゼッタは額に手をついてため息をつく。

（って、プリムは……？）

ロゼッタがおそるおそるハンモックから顔を出すと、プリムは支度をしながら「交代ですね！」と元気に返事をしている。

そして起きたロゼッタに気づき、笑顔をみせた。

「ロゼッタ様はよく眠れましたか？　私は熟睡できたんですけど、やっぱり地面に寝袋だったからちょっと体が痛いです」

やはり時代はハンモックですねと、プリムがハンモック信者になっている。つい先ほどの、睨みつけるような様子はない。

（あれぇぇ？）

もしかして夢だったのだろうかと、思ってしまう。

「――っと、見張りの交代だった」

先ほどのことを考えたいが、今はそれより見張りの交代が先だ。

ロゼッタは急いで支度を済ませて、テントから出た。


「お、来たか。火を焚いていたこともあって、モンスターは一匹も出てない。とはいえ、何があるかわからないから、しっかり頼むぞ」

「ん、任せてください」

「頑張ります！」

ルイスリーズから簡単に説明を受けて、ロゼッタとプリムは焚火の前に腰かける。すると、焚火に木の枝をくべてから、リュートがお茶を差し出してくれた。

「どうぞ」

「「ありがとうございます」」

一気に飲み干すと、体に染み渡る。

思考もクリアになってきて、周囲への警戒度も上がる。

「ルイ様、リュート様、しっかり休んでくださいね」

「ああ。おやすみ、ロゼッタ。プリム嬢」

「おやすみなさい」

就寝の挨拶をし、ルイスリーズとリュートはテントへ入っていった。あと数時間ほどは眠れるだろう。


見張り番――なのだが、ロゼッタからすればこの森のモンスターは弱くて、あまり緊張感のようなものは覚えない。

しかし、気になっていることはある。

（プリムに睨まれたの、現実⁉　夢⁉）

どちらなのかわからなくて、頭を抱えたくなる。

（でも、プリムが私を睨んだりするかな？）

いつもの様子を考えれば、絶対にないとはっきり言い切れる。

だけどロゼッタは悪役令嬢。

ヒロインであるプリムに睨む理由が絶対にないかと問われたら、否。

焚火に木の枝を足しているプリムは、見る限りいつも通りだ。嫌な気配だって、特にしない。

（私が考えすぎなだけ……なのかな）

ロゼッタはひとまず、しばらく様子を見てみることにした。


朝日が昇ったら、冒険開始の時間だ。

ロゼッタとプリムが見張りをしていた朝方の時間にも、モンスターは一匹も姿を見せることはなかった。

平和だったので、少し緊張が解けたプリムと雑談をしながら過ごした。とはいえ後半は眠気も少しきて、ロゼッタは欠伸の連発だったが……。

プリムもロゼッタの欠伸が移ったのか、大きく口を開けて目を擦っている。きっと、プリムは疲れも完全に取れてはいないのだろう。

（今日はこまめに休憩をいれるようにしよう）

無理せず、狩りは楽しく！　これは鉄則だ。

「う……っ」

しかしふいに、プリムが小さく声をあげてがくりと項垂れた。

「プリム!?　大丈夫――っ！」

「………」

ロゼッタがプリムに声をかけると、真夜中に見たときと同じ目でこちらを睨んでいた。ドキリとして、一瞬で嫌な汗が噴き出す。

「え、あ……っ？」

やはりあれは夢ではなかったのか――と。

（うぅん、眠くてたまたまそんな顔になっちゃっただけかもしれないし‼）

それは無理な考えだろうと思うけれど、そうであってほしいと思ってしまったわけで。

するとすぐ、ルイスリーズたちも欠伸をしながらテントから出てきた。

「あ、ルイ様！　カイン！　ラインハルト様にリュート様！　プリムが――っ⁉」

――プリムの様子が変です！

そう言いたかったのだけれど、ロゼッタの言葉は最後まで続かなかった。ルイスリーズたちも、ロゼッタのことを同じ目で見ていたからだ。

まるで光を失ったかのような、冷たい瞳。

ドッドッドッと、心臓が嫌な音を立てる。うるさく頭の中で鳴り響いていて、何かおかしいとロゼッタは警戒する。

いったい五人に何が起きたというのか。

別に幻覚を見せるようなモンスターも、そういった類のものもなかった。あったとしたら、おそらくここは遠征地に選ばれてすらいないだろう。

(どうすればいい？　みんなは、ちゃんと私の知ってるみんな……？)

偽者──なんてことも考えてはみたけれど、ロゼッタは長年一緒に冒険をしていたルイスリーズとカインを見間違えたりはしない。

(原因を……探らなきゃ)

幸い、向こうが何かをしてくる……という気配はない。となると、こちらもいつも通りに接した方がいいのだろうか。


「えっとえっと──朝ごはんにしましょう？」


「そうだね」

ロゼッタの言葉に、カインが返事をしてくれた。

「──！　うん！」

そのことにめちゃめちゃ安堵した。

どうやら、意思の疎通はちゃんと取ることができるようだ。

カインは持参していたパンを温め、卵とベーコンを焼いている。隣では、ルイスリーズが簡単なスープを作ってくれていた。

一見して、野宿をした冒険者の朝食風景だろう。

しかし、ロゼッタはこの異様な状況をどうするべきか脳内で必死に考えていた。


「……ロゼッタ、君との婚約を破棄しようと思う」

「え？」

朝食が終わってすぐ、ルイスリーズがみんなの前で告げた。

しかし驚いているのはロゼッタだけで、ほかのみんなは無表情で「それがいい」と言って頷いている。

――突然すぎて、意味がわからない。

もう、意味がわからなさすぎて公爵令嬢として心がけていた丁寧な言葉遣いも出てこない。

「いやいやいや、待って、ルイ！　突然すぎるよ。それに、様子だって――」

変だ。

ロゼッタがそう言い終わるより先に、プリムがルイスリーズに抱きついた。

「嬉しいっ！　私を選んでくれるんですね、ルイスリーズ様」

プリムが花がこぼれんばかりの笑顔で、ルイスリーズのことだけを見ている。ルイスリーズも、そんなプリムに笑顔を返した。

「ということだ、ロゼッタ。私はプリムと結婚しようと思う」

「ごめんなさい、ロゼッタ様。私……ルイスリーズ様が大好きで仕方がないんです。ロゼッタ様とルイスリーズ様の婚約はお家が決めたことですし……」

だから私がルイスリーズ様と婚約し結婚しても問題ないですよね？　と、遠回しに言われる。

「…………」

ロゼッタ自身に非は一つもない。

そもそも相手の様子だっておかしいし、ここで了承するのは違うだろう。

（駄目だ、一回落ち着こう）

ロゼッタはゆっくり深呼吸を繰り返して、ルイスリーズを見る。

「そんなこと、勝手に決めるべきことじゃありません。ルイ様はもっと聡明だと思っていましたが、していいことといけないことや、然るべき手順もわからないのですか？」

だからロゼッタは強気で言ったのだけれど、この展開に不安がないわけではない。

——流れは違うけれど、ある意味ゲームのシナリオ通りではある。

もしかしたら、乙女ゲームの強制力のような何かが働いているのでは？

という考えが、ロゼッタの中に浮かんだ。

でなければ――正直、ルイスリーズとカインをどうこうできるとは思えないのだ。

（二人は強い。たぶん、この国で五本の指にだって入るはず――だ）

そんじょそこらのモンスターが、どうにかできる相手ではない。

操られている、それは間違いないはずだ。

だけど、操られているとわかっていても言葉にされると堪えるのも事実。


「ロゼッタ。私は君を愛しては――」

「やめて‼」


ルイスリーズの言葉を遮るように、ロゼッタは声を荒らげる。

しかしそれが発端になったのか、ラインハルトとリュートがロゼッタの前に立った。

「ルイスリーズ殿下に相応しいのは、光属性の令嬢だ」

「どうして闇属性の人間が、一緒にいるのか……理解に苦しむ」

「――っ！」

二人の言葉に、ロゼッタは言葉を失った。

（その台詞、ゲームで見た……！）

ロゼッタは拳を握りしめて、一歩下がる。

心臓はもう、さっきからずっと嫌な音がしている。

(どうしよう、ゲームの強制力が働いてるんだとしたら——私には、何もできない?)

しかし次の瞬間、プリムがロゼッタに向けてナイフを振り下ろしてきた。


「——ちょっ⁉」

突然のことに、ロゼッタは尻もちをついて転ぶ。

「ロゼッタ様、ごめんなさい。やっぱり私……」

プリムは眉を下げて、まるで申し訳ないとでも言っているような表情をしている。

「やだ、プリム! しっかりして‼」

「無理です、だって……ロゼッタ様は闇属性ですから。闇属性は、いない方がいいんですよ」

まるで子どもに言い聞かせるような口調で話しながら、プリムはナイフで切り付けてくる。しかし、その動きは遅く、魔法職といえどもレベルの高いロゼッタの相手ではない。

ルイスリーズたちに視線を向けてみると、誰も反応していない。

(悔しいけど今の私じゃ、解決方法がわからない!)

今は、戦略的撤退だ。

ロゼッタは逃げるように拠点から走り出した。


「はぁ、はぁ……っ」

拠点からがむしゃらに走ったロゼッタは、近くにいたウルフを【ダークアロー】で倒し、大きめの岩に腰かける。

「どうしよう……」

ロゼッタは、頭を抱えてうずくまる。

（どうしようもなくなって思わず逃げてきちゃった……）

少し休憩して落ち着くと、いくつかの可能性がロゼッタの頭の中に浮かんでくる。もしかしたら、ゲームの強制力ではない可能性だってある。


一つ目。

みんなのドッキリ。あとから『ドッキリ成功！』の看板を持った誰かが現れる。

（って、そんなわけない）


二つ目。

ゲームのシナリオ補正が動き始め、悪役令嬢である自分が嫌われるように修正され始めてしまった。

（ガチでこれだったら、死亡フラグ回避も絶望的じゃん）


三つ目。

何者かに操られている可能性。ただ、その理由はわからない。

（でも、私に対してそんなことをしてもなんのメリットもないよね？）


四つ目。

ガチでみんながロゼッタのことを嫌いになってしまった。

（…………そんなわけないよね？？？）


いろいろ考えてみたけれど、その三あたりが濃厚で、ロゼッタの心の平穏も保つことができる。

しかしそう考えてしまうと、犯人は誰？　という話になるわけで。

「ルイとカインはAランク冒険者だよ？」

操ろうとしたところで、魔法抵抗はある程度強いはずだ。

それなのにすんなり洗脳的なものにかかってしまったのだから、相手はかなりの使い手と見るべきだろう。

「課題どころじゃなくなっちゃうかもしれないけど、とりあえず私がなんとかしなきゃ！」

せっかく仲良くなれたというのに、こんなことで縁が切れてしまうのは絶対に嫌だ。

まずは原因を突き止めるところから始めよう。

――と考え事をしていたせいで、ロゼッタは接近してきたモンスター――ゴブリンに気づくのが遅れてしまった。

襲いかかってくるモンスターに気づいたのは、攻撃が眼前に来たときだった。


――やばい！


魔法の詠唱が、間に合わない。

ゴブリンの持つコン棒が、ロゼッタの視界いっぱいに映る。

このままだと死んでしまう。

（ああ、そうだ――悪役令嬢が一人で行動するとモンスターに殺されてしまうんだった）

今更ながら、思い出す。

これだから悪役令嬢は嫌なのだ。

抗うことを許されず、こんな簡単に死んでしまう。

もしあの世にいくことができたのなら、神様の首根っこを掴んでなぜ悪役令嬢にしたのか問い詰めてやりたい。

しかしゴブリンのコン棒は、割って入ってきた剣が防いだ。

（え――？）

ロゼッタがばっと顔を上げると、「間に合ってよかった」と助けに入ってくれた青年が微笑んだ。

オレンジがかった茶髪の髪と、黄緑色の瞳。

「あ、ありがとう……」

「どういたしまして」

知らない人だけど、ロゼッタはこの人物のことをよく知っている。

――勇者、レオ。

ロゼッタが唯一出会っていなかった、最後の攻略対象キャラクターだ。

（てっ、待って……これってヒロインが助けてもらうイベントじゃない――⁉）

どうなってるんじゃーいと、ロゼッタは叫びたくなった。

9 ✦ 勇者との出会い

テッテレー！　勇者レオが仲間になった！


――ではなく。

（いったいどうなってるの⁉）

ロゼッタの中では、勇者――レオに会う予定なんてこれっぽっちもなかった。

唯一学園に通っていないキャラクターだったので、一生会わないようにしようと思っていたままであるというのに。


ゴブリンを倒したレオは、剣を鞘に戻し駆け寄ってきた。

「大丈夫？　顔色が悪そうだけど……立てるかな？　あ、おぶってあげ――」

「大丈夫です、元気です。助けてくれてありがとうございます‼」

「無事ならよかった」

レオはふわりと微笑んで、自分のことのようにロゼッタの無事を喜んでくれた。

「あ、紹介が遅れたね。俺はレオ、勇者の称号をもらって冒険者をしてるんだ」

キラキラ笑顔が眩しいレオは、勇者であることを隠したりしていないらしい。

「まさか勇者様に助けられるとは思ってもみませんでした……」

「勇者といっても、そんな特別すごいわけじゃないんだ。今は君が無事でよかったよ。えっと、君は――」

そういえば、助けてもらったというのに名乗っていなかった。

「ロゼッタです。クレスウェル王立学園の学生です」

「へえ、学生さん！　あそこの学校って、確かほとんどが貴族だったと思うけど……」

「はい。私は貴族です」

ロゼッタが頷くと、レオは神妙な顔をした。

（……？　あ、黒髪だからか）

レオの視線が、ちらりと黒髪を見たのは見逃さなかった。

けれど何も言ってこないし、ゲームでもレオは闇属性に関する話はしていなかったので、あまり気にしないタイプなのだろう。

そのことには、少しだけ安堵する。

しかし同時に、いったいどういうことだろうかと内心では大焦りだ。ヒロインではないロゼッタが、勇者と出会ってしまうなんて。

はにかんだ笑顔が可愛い裏表のない天然勇者、レオ。

オレンジがかった茶色の髪と、無垢な黄緑色の瞳。

誰にでも懐く子犬のような性格だけれど、悪気なくなんでもズバッと思ったことを言ったり聞いたりしてしまう天然な一面があり、ある意味ファンから最も恐れられていた存在だ。

年は一八なのでロゼッタより二つ上。登場時の初期レベルは30とそこそこ強いので、戦闘面で重宝するキャラクターでもある。

運がいいのか、割となんでも上手くいってしまうタイプだ。


(それにしても……外見は本当にゲーム通りだ)

さっきまでみんなの態度が急変した理由を考えていたというのに、ついつい気になってレオを見てしまう。

すると、レオの後ろの茂みがガサガサッと音を立て、続けざまにゴブリンが顔を出した。

(よっし、今度こそ私の魔法で――)


と、思っていたのに。


「まだいたのか!」

そう言って、レオがあっさりゴブリンを剣で倒してしまった。

（さすが攻略対象キャラの勇者……‼）

自然で鮮やかなお手並みだ。

レオはゴブリンが出てきた茂みと、ロゼッタを交互に見た。

「学生が一人でこんなところにいるなんて、危ないんじゃないか？」

――ど正論だ。

「あー……学園の遠征課題で来たんですけど、ちょっとその、私は別行動をしていまして……」

我ながらなんとも歯切れの悪い答えだなと、ロゼッタは苦笑いをする。けれどレオは、「そうか」とすんなり受け入れてくれた。

「勇者様はいったいどうしてここに？」

「ああ、そんな堅苦しい呼び方はしないでいいよ。気軽にレオって呼んでよ」

そっちの方が嬉しいなと、レオが笑顔を見せる。

「ありがとう、レオ。私のこともロゼッタと呼んでください」

「わかった」


レオは近くの岩の上に腰を下ろし、「実は……」とこの森にいる理由を話してくれた。

「王都に向かっていたんだけど、この森から異変を感じてね……。見て回っていたんだ」

「異変、ですか？」

「うん」

レオの言葉に、ロゼッタは目をぱちくりとさせる。

「わかりやすいものだと、モンスターかな。なぜか普段よりも凶暴になって、いつもと違う場所に出現したりしている」

「そんなことが……」

ここは今日から学園の遠征で使っているし、もし異変があれば教師たちが気づくのでは……と思ったのだが、プリムたちの様子を思い出す。

（もしかして、みんなが変だったのも……その異変とやらに関係があるんじゃ？）

ロゼッタが神妙な顔をすると、すぐにレオが「何があった？」と聞いてきた。どうやら、ロゼッタの周囲で何か起こっていることは彼にとって確定事項のようだ。

「…………」

話していいものかと悩みつつも、レオのまっすぐな性格はプレイヤーだったころから信頼している。

悪いようにする人でないことはゲームで知っているので、ロゼッタは夜中の出来事と、先ほどのことをレオに説明した。


ロゼッタがレオを連れて拠点にしていた場所へ戻ると、テントや朝食などはそのまま、もぬけの殻になっていた。

人だけが消えてしまった状況に、ロゼッタはなんだかぞくりとしたものを感じる。

昨日までは、あんなに楽しかったのに。


「……みんな、どこに……」

「探索に出た……にしても、不自然だ」

「はい……」

レオは周囲の様子を見て、「近くにはいないな」と言う。

ロゼッタは、いつもの野宿を思い出す。

ルイスリーズと、カインと。三人で野宿をしたことは、何度もある。その楽しい思い出がロゼッタにある。

だからこそ、わかることがある。

「間違いなく、異変……です。ルイたちが朝食を片付けず、どこかに行くわけがないですから。お鍋にもスープが入ったままだし」

「争ったような形跡も、慌てたような感じもしないな」

ロゼッタはレオの言葉に頷いて、安易に逃げ出すべきではなかったと後悔する。自分がもっと状況を把握し、あの場で解決策を見い出せればよかったのだ。

無意識の内にぐっと拳を握りしめると、レオが「大丈夫だ」とロゼッタに笑顔をみせた。

「俺が協力するって決めたんだから、なんとかしてみせるよ。仲間も一緒に探そう」

「レオ……ありがとうございます」

優しいレオに、ロゼッタは涙ぐむ。一人だったらどうすればいいかわからず、途方に暮れていたかもしれない。

「それに、これはロゼッタのせいじゃない。一人で抱え込むのはよくない。もし敵がいるとしたら、孤立して悩むことこそ相手の思うつぼだからね」

「それもそう、ですね……」

レオの言葉に、ロゼッタは瞳を瞬かせる。

――確かにそうだ。

（私、悲劇のヒロインみたいなことしてたかも……）

似合わないなと、苦笑する。

ロゼッタは自分の頬をバチンと叩いて、気合を入れる。

「よし、絶対にみんなを探し出して――ここの異変も解決します！」

「ああ！」


ロゼッタとレオがルイスリーズたちの探索を始めたころ、ほかの生徒や教師たちの身にも同様に大変なことが起こっていた。

スライムとフラワーラビットをメインに戦闘の練習をしていたとある班は、初日こそ順調だったのだが……二日目になって突然、スライムの強さが増して苦戦を強いられていた。

「うわっ、どうなってるんだ！　スライムって……もっと弱かっただろう!?」

「私が魔法で攻撃するから、それまでどうにか盾で防いでぇっ!!」

「――っ、【ヒール】！」

こんなことは聞いたことがないと、そう叫びつつも必死でスライムと戦いながら後退していく。

これ以上森の中にいるのは無茶だ――と。

しかし、教師が監視をしているだろうに……こんな事態になっても一向に出てくる気配がない。

「先生たちはいったいどうしたんだよ！　どう考えても、こんなの異常事態だろ！」

班のリーダーをしている男子生徒が声を荒らげるが、教師たちが姿を見せる気配はない。どんどん不安が増していく。

「くそっ、続行だっていうのか!?　でも、こんな中で戦い続けるのは無理だ！」

「――もしかしたら、先生たちにも何かあったのかも！　急いで森の外へ出ましょう！」

「ああ……っ！」


そして一方、教師たち。

「いったいどうなっているんだ、地理の把握がまったくできなくなっている……！」

教師二人で地図を確認してみるが、現在地がわからない。

この森には何回も来たことがあるし、迷ったことだって一度もないというのに――場所がわからなくて、動けない。

「こんなことは初めてだ……っ、すぐに生徒の安否を確認しなければいけないというのに‼」

すると、ペアで行動していた教師から「落ち着きなさい！」と叱咤を受ける。

「その焦りは教師も生徒も同じよ。今は、私たちにできる最善を尽くしましょう！」

「最善……そうだな。私たち教師がしっかりしなければならないのに、すまない」

自分にできることをと考え、教師は魔力を巡らせていく。こうすることによって、多少ではあるが周囲の状況を把握することができる。

「――森の中の魔力が歪んでいる？　こんなことは、ここ数十年……いや、もっと長い間も観測されていないというのに‼」

魔法を使って周囲を把握してみようにも、魔力の歪みでそれもままならない。

しかも、先ほど戦った数体のウルフは異様に強かった。亜種でもなんでもない、普通のウルフなのに、だ。

（私は倒すことができましたが……生徒たちには、かなり厳しいはずだ）

下手をしたら、怪我だけでは済まない生徒もでてくるかもしれない。学園側として、そして子どもを守る大人として、それだけは絶対に避けなければいけない。

「くそ……妖精たちよ、どうか生徒たちをお守りください――」

自分の無力さに嘆いて、教師は妖精に生徒の無事を祈った。

ロゼッタとレオが森を探索していると、神秘的な場所に出た。

「うわ、すごい……滝？　で、いいのかな？」

「滝……だな」

二人が見つけたのは、大きな一本の木。

木の上の方から水が流れて、まるで滝のようになっているのだ。その幅は、五メートルほどあるだろうか。

なんとも幻想的な景色に、ロゼッタは目を輝かせる。

そして同時に、ルイスリーズたちみんなと見ることができたらよかったのに……とも思った。

レオが滝になっている木の周りをぐるっと一周して、観察する。

「この木から強い魔力を感じるから、それが水になって零れ落ちているんだろう」

「へえぇ……！」

仕組みを教えてもらい、ロゼッタは感心する。

「水は問題なさそうだ」

レオは水に触れると、「気持ちいい～」と幸せそうな顔をした。

この森は泉がたくさんあるし、もしかしたら元々魔力が豊富な場所なのかもしれない。

ロゼッタもそっと滝に手を入れて、その冷たい心地よさに体の力を抜く。ここに来るまで三時間ほど、ずっと歩きっぱなしだったので疲労困憊だった。

「ふぅ～～」

「ここで休憩にするか」

「はい」

滝として流れた水は、大きな泉を作っていた。

少し行儀が悪いかもしれないけれど、ロゼッタは靴を脱いで泉に足を付ける。今は可能な限り早く体力を回復したいのだ。

「は～～気持ちいいですね～～！」

歩き疲れた足が癒されていくとは、まさにこのことだろう。

ロゼッタがダラダラし始めたのを見て、レオも隣で同じように靴を脱いで泉に足をつけた。気持ちよさに目を細め、そのまま寝転んだ。

「気持ちいいなぁ」

「ですよね！　冒険中の一休みだから、なおさら贅沢を感じます」

と言って堪能しているロゼッタだが、頭の中はルイスリーズたちのことばかりだ。いったいどこにいるのか、見当もつかない。

ちょっとだけロゼッタの肩が落ちたのを、レオは見逃さなかった。体を起こして、ロゼッタの頭にぽんと手を置いた。

「ロゼッタが探してる人たちって、どんな人なんだ？」

「え？」

「だって、こんな状況だよ？　普通だったら、友達とはいえ……森から一刻も早く出たいんじゃないかなって」

だからその人たちは、ロゼッタにとってとても大事な人なのだと、レオは思ったようだ。

「……確かに、自分の安全を確保するなら、先生に連絡を取って森から出るのが一番ですもんね」

（そんなこと、微塵も考えてなかった……）

ロゼッタの頭に、森から出るという選択肢はない。

（私、それだけみんなのことが好きなのかもしれないな……）

「一人は私の婚約者で——」

「婚約者⁉」

「はい」

その驚き、なかなか新鮮だなとロゼッタは笑う。

「最初のころは最低の婚約者で関係性も最悪だったんですだけど、今は仲良しでです」

「そうか……。でも、貴族ならば普通……か？」

「はい、普通です」

貴族の中でも幼少期から婚約しているロゼッタとルイスリーズは特殊だが、婚約者のいる生徒はほかにもいる。

「もう一人とは昔から冒険パーティーを組んでいた仲間なんですが、あとの三人は入学してから仲良くしているクラスメイトです」

「へぇ……」


ルイスリーズは前衛を務めてくれる、パーティーの要。

彼がいるからこそ、ロゼッタは安心して後方から魔法を使うことができる。

カインは料理が得意で知識の量が多く、さりげなくフォローするのが上手い。

プリムは光属性っていうだけで偉大だし、ラインハルトはまっすぐな性格で曲がったことが嫌い。リュートは魔法のことを話しだすと止まらない。

全員それぞれいいところがある。


「楽しそうだな」

「うん、とっても」

なんとしてでもみんなを見つけねば！

ロゼッタがそう思っていると、すぐ近くの茂みが揺れた。

「——っ、モンスター⁉」

すぐに戦闘態勢を、そう思ったのだが――顔を出したのは、一匹の黒いうさぎだった。背中に星の模様がある、可愛らしい子だ。

「なんだ、モンスターじゃなかった……」

よかったぁと、ほっとしたのもつかの間……黒うさぎは足を引きずるように歩いていた。

「あ、もしかして怪我を……!?」

「モンスターにやられたのかもしれないな。おいでおいで、怖くないぞ」

レオがチッチッチと口を鳴らして、指で黒うさぎを呼んでいる。ロゼッタは、その間に鞄からポーションを取り出した。先ほど拠点に戻った時に持ってきたのだ。

「んー、警戒してるのか、来てくれないな……」

「えぇっ、怪我治してあげたいのに……おいでおいで、うさちゃーん！」

今度はロゼッタが呼んでみると、黒うさぎはたどたどしくもこちらへ歩き出した。ロゼッタの下までくると、『み』と小さく鳴いた。

「俺のところにも来てほしかった……」

ロゼッタのところへ行った黒うさぎを見て、レオが若干へこんでいる。

「可愛い、もふもふっ！　すぐに治してあげるからね」

急いで怪我をしている足にポーションをかけると、黒うさぎはあっという間に元気になって、その場でピョンッと跳びはねた。

「おー、よかったな！　元気になって」

「もうモンスターに襲われないように気をつけるんだよ」

『み〜』

お礼をするように、黒うさぎはロゼッタの手にすりすりしてきて、思わず悶えてしまった。こんな可愛い生き物は、きっとなかなかいない。

そしてすぐに、森の中へ駆けていってしまった。

「ふふっ、可愛かったぁ」

「だなぁ」

緊迫した状況だけれど、可愛い黒うさぎの出現でロゼッタとレオは少しだけ心が休まった気がした。


しばらくして休憩を終えたロゼッタは、ふとした違和感に気づく。

「ん……？」

なんだか、滝の後ろ側——木の幹なのだが、そこだけ色が明るい気がしたのだ。

ロゼッタは両手を滝に入れて、落ちてくる水を割った。すると、幹の部分には人ひとりがどうにか通れるほどの穴が開いていていた。

どうやら、穴の向こうの光がこちらに届いていたようだ。

「これは驚いた……奥が明るいし、どこかに続いてるみたいだな」

「木の向こうに通り抜けるだけ……っていうわけじゃなさそうですね」

念のため木の反対側も見てみたけれど、穴は開いていなかった。

「魔力が溢れているのも、この穴が関係してるのかもしれないな。……いったいどこに繋がっているのか」

もしかするとこの先にこの森の主のような存在がいて、異変について何か知っているかもしれない。

行ってみる理由は十分あるだろう。

ロゼッタとレオが顔を見合わせて頷き、穴へ入ろうとすると――『ワオオオォン』という鳴き声とともに、背後の茂みからウルフが襲いかかってきた。

「なっ、このタイミングで⁉」

レオが慌てて剣を抜こうとしたが、それよりロゼッタの方が早かった。高速で呪文を唱えて、ウルフを睨む。

遠距離であれば、勇者よりも魔法使いの方が早い――！

「【ダークアロー】！」

ロゼッタの凛とした声で現れた一本の黒い矢は、いとも簡単にウルフを貫いてみせた。

それを見て、レオは目を丸くして驚く。

「え、待って、ロゼッタ、え？　そんなに強かったのか……」

あわあわと戸惑いを隠せないレオを見て、ロゼッタはにんまり笑う。

「これでも一応、Aランク冒険者です！」

「ええええええっ⁉　めっちゃ強‼　なんだよ、じゃあ道中俺ばっかり戦わなくてもよかったのか～～！」

レオが「教えてくれよも～！」と頰を膨らませる。

女の子だし、学生だし、守らなければとレオなりに頑張って戦ってくれていたようだ。

「いえ、レオのレベリングにもいいかと思いまして」

「そういうこと～⁉」

勇者レオの初期レベルは30なので、ここでレベル上げをしつつ進んだらいいかなと思った次第だ。

とはいえ、進みが遅かったということはない。レオはさくさくモンスターを倒したので、ロゼッタも安心して任せることができたのだ。

『ワウゥゥ！』

『ウギャギャッ』

二人で笑っていたら、新たにウルフとゴブリンがこちらに向かってきた。しかもウルフは一〇匹、ゴブリンは三匹だ。

「まじか！」

レオが急いで剣を構える。

ここまでモンスターの数が多い場合、よほど手練れでない限り……パーティーでなければ対処するのは不可能だろう。

脳内で戦闘のシミュレートをするレオに、焦りの色が浮かんでいる。

しかし、ロゼッタはけろりとしている。

「ここにきてモンスターがこんなに出てくるなんて、ここに何かありますよ……って、言ってるようなものですね」

「いやいやいや、なんでそんな冷静に分析してられるのっ！　まずはこの状況をどうにかしないといけないのに」

レオの焦りに、ロゼッタは「大丈夫ですよ」と冷静に返事をする。

「闇の妖精よ、嘆きの雨を降らせたまえ！　【ダークネスレイン】」

ロゼッタが力強い声で魔法を発動すると、頭上から黒い閃光が降り注ぎ――すべてのウルフとゴブリンを跡形もなく殲滅した。

静かに降り注ぎ、けれど圧倒的な破壊力を持つ黒の雨。

その力のすごさに、レオは息を呑む。

「――っ、これはまた……えげつないな。その魔法は……」

「闇属性の上級魔法で、私が使えるのはここまでです。もう一つ上の究極魔法は使えません」

さすが究極魔法というだけあって、魔法書の入手が果てしなく困難を極めている。いろいろな伝手を使ってみてはいるが、一向に情報が入ってこないのだ。
ちなみに、以前父親からもらった闇属性の魔法書は、初級、中級、上級の魔法が記されているだけだった。

モンスターは一掃したので、一息つく。
かなりの数を倒したし、念のためロゼッタはステータスをチェックする。

ロゼッタ・フローレス（ロゼリー）
レベル96　HP6060／6060　マナ3156／3680＋100
状態◆光の呪い
　呪われている
魔法◆初級闇魔法【ダークアロー】　消費マナ：5
　闇の矢を出現させ、ダメージを与える。
中級闇魔法【ダークストーム】　消費マナ：15
　闇の風を出現させ、ダメージを与える。
上級魔法【ダークネスレイン】　消費マナ50

闇の雨を降らせ、ダメージを与える。
固有魔法【夜の化身】　発動時消費マナ：30
思い描いた化身を出現させる。出現させている間は、一分ごとに10のマナを消費する。
装備◆月夜と炎の杖
使用した属性の魔法に火が追加される。火属性の魔法を使用した場合は、威力が1・5倍になる。マナの総量＋100。

「――は？」

思わず変な声が出たことを許してほしい。

「ロゼッタ、どうかしたのか？」

「あ、いえ……」

「そう？」

咄嗟に何事もないように言ってしまったけれど、ステータスに『光の呪い』という謎の項目が追加されているではないか。

（いつの間にこんなものが……）

光の呪い――光といえばプリムだけれど、ヒロインに呪いなんて魔法はなかったはずだ。それはゲームをプレイしたロゼッタがよく知っている。

ということは、違うところで呪われた？

（――というか、呪われてたからみんなの様子がおかしかった？）

ここにきて、新しい可能性が増えてしまった。

ぐるぐる考え込んでいると、レオが顔を覗きこんできた。

「……あ〜、なんか私、やっぱり何かあったんだろう」

「ロゼッタ、状態異常になってるみたいです。心当たりがないから、異変のせいかもしれないですね」

とりあえず、体に異常はなさそうなので、その点はほっとする。

（体力もマナも、減ってない）

今少し減っているのは、魔法を使った分だ。

「もし不安なら――ロゼッタだけ、先に森を出ておくという手もある」

「いえ、一緒に行きます。別に不調もないですし、レオも私がいた方が戦力になっていいでしょう？」

「……わかった。なら、一刻も早く異変の原因を突き止めよう」

ロゼッタたちはさっそく滝の裏側へ行ってみることにした。

「ロゼッタはいいけど、俺は結構ギリギリ……かも？」

「あ〜、体格いいですもんね」

先にどんな危険があるかわからないからと、レオが先頭を買って出てくれた。さすがは勇者、頼りになる。

しかしながら穴が少し小さかったので、レオは通るのに四苦八苦している。滝でびしょびしょになった装備も、動きづらさに一役かっているようだ。

滝の水を被りながら抜け、体を小さくしながら進んでいく。中は見た通り狭くて、強い草木の香りが鼻についた。

一〇メートルほど進むと、少しだけ広くなった。木の幹の中というよりは、トンネルと言った方がしっくりくるかもしれない。

「結構広い――お、出口だ」

「本当ですね、よかった！」

滝を抜け、木の幹の穴を進んで、出た先は四方を岩壁に囲まれた不思議な空間だった。

柔らかな草花が咲き、中央には一本の木と小さな湖。小動物たちが水浴びをして、楽しそうにしているのが見える。

そしてその中心に、光り輝く何かがいた。

（あれは――何？　モンスター、じゃ……ない？）

年のころで言うならば、六歳くらいの女の子だろうか。

頭の上に可愛らしい薄ピンクの丸い花が咲いている。花の化身の少女、というような言葉がしっくりくるかもしれない。

「あれは……光の妖精……！」

ロゼッタがじっと見つめていると、隣にいたレオがぽつりと呟いた。その言葉に、ロゼッタは目を大きく開く。

――あれが、妖精。

（いつか会ってみたいなんて思ってたけど、本当に会える日が来るなんて……）

「って、俺も存在を聞いたことがあるだけで実物を見たことがあるわけじゃないんだ。でも、頭に大輪の花を咲かせ、慈愛に満ちている存在だ……って。住処も綺麗な草花のある場所だったはずだから」

「その条件にぴったり当てはまりますね！　それに、あんな綺麗なモンスターは聞いたこともないです。ドリアードだって全然違う外見をしていますし、何より動物が近くにいますから」

動物とモンスターは相容れないので、近くにいることはまずない。よほど互いが無害だとわかっていなければ、同じ空間にはいないだろう。

モンスターたちがここを執拗に狙っていたのは、きっと光の妖精を狙っていたからだろうとロゼッタは結論付ける。

ロゼッタが一歩踏み出すと、光の妖精がこちらに気づいた。あどけない笑みを浮かべた妖精は、もしかしなくても世界一可愛いこの世の宝かもしれない。

（さすが光の妖精……可愛い、美しい……!!）

ロゼッタがメロメロになっていると、光の妖精の眉間に皺が寄った。

『汚い黒髪のあなた、生きていたの？』

10 理想と現実の違い

とても可愛らしい顔をした、まるで花のような光の妖精は――まったく可愛くないことを口にした。

その言葉に、ロゼッタは一瞬思考を失う。

ロゼッタの天使の輪が浮かぶ艶々の黒髪を汚いと言ったことにか、それともなぜか生きていたのか？　と、問いかけたことに対してか。


「はい？」


え、なんて？

目の前にいる光の妖精は、『はあぁぁ～～』と遠慮もせずに盛大なため息をついた。ロゼッタの理想の妖精像が、ガラガラと音を立てて崩れていく。

「うわあ、光の妖精って性格悪いんだね」

「レオ……っ！」

『なんですって!?』

アハハと笑うレオにロゼッタは顔面蒼白になる。

光の妖精はといえば、そんな二人を睨みつけてきた。

『あなた！　光の妖精である私に、よくそんなことが言えたものね！　信じられないわ‼』

「だって、あまりにもイメージと違いすぎて」

レオは光の妖精はもっとお淑やかで、聖母のような存在だと思っていたようだ。

けれど、それはロゼッタも同じ。

光といえば、防御や治癒などに優れているし、どうしても優しく穏やかなものというイメージをしてしまうのだ。

最初に見た光の妖精の慈愛に満ちた表情は幻覚だったのだろうかと、ロゼッタは遠い目をした。


（――って、私はルイたちのことを知らないか聞かなきゃいけないんだった！）

ロゼッタは頭を振って、思考を切り替える。

光の妖精に会うなんてすごい経験だけれど、今は仲間の方が何倍も大事だ。

この森で暮らしている光の妖精であれば、今起きている不可解な異変について何か知っているかもしれない。

ロゼッタとレオは、その手掛かりを求めてここに来たのだから。

「光の妖精さん、私たち人を探してるんです。それから、この森……なんだか様子がおかしくて。何か知りませんか？」

『――！』

藁にも縋る思いで、ロゼッタはここに来るまでにあったことを説明する。レオも、自分が感じ取っていた異変を光の妖精へ伝えた。

しかし光の妖精は、ぶすーっとしたままでロゼッタたちの問いに答えようとしない。

(これは教えてもらえそうにない……か？)

ロゼッタはどうするべきか、レオに小さな声で話しかける。

「どうしよう、あきらめて違う場所を捜すのがいいかもしれない……」

「確かに、あれじゃあな……。もしかしたら、ロゼッタの仲間もほかの場所でピンチになってる可能性だってないわけじゃないし……」

ここで無駄に時間を食うくらいなら、潔くあきらめてしまおう。

そんな結論をロゼッタとレオが出すと、光の妖精が『何をコソコソ話してるのよ！』ときつい視線を向けてきた。

『私を頼るなんて、人間てホント馬鹿ね！』

光の妖精はくすりと笑って、ロゼッタを見る。

『自分を殺そうとした私に助けを求めるなんて』

「「えっ⁉」」

(そういえばさっきも、生きてたの？　って言われた……)

さっきはどういう意味かわからずスルーしてしまったロゼッタだったが、これは何かあるなと光の妖精への警戒を強める。

――どうやら、光の妖精は敵のようだ。

（とはいえ……どうしたらいいのか）

ロゼッタは頭を抱えて座り込みたくなる。

このまま元の森に戻ったとしても、光の妖精をなんとかしない限りいつまでも強いモンスターが襲ってくるということだろう。

（タイミングが悪い！）

レベリング中だったらハイ喜んでウェルカム！　なのだけれど、今はルイスリーズたちを捜しているのでご遠慮したい。

きっとルイスリーズあたりがいたら、そうじゃないとツッコミを入れてくれただろう。

「えっと……なんで私を狙うんですか？」

『決まっているじゃない。私、闇属性が大嫌いだからよ！』

「あー、そういう……」

どうしようもないやつだと、ロゼッタは遠い目をする。

やはり光と闇は、相容れないものなのか……。その割に、プリムはロゼッタに懐いてくれているけれど。

『この世界は、光属性だけあればいいのよ。闇なんて、私の影にすぎないのに。さっきだってそうよ、せっかく光属性の子を使ってあなたを殺しちゃおうと思ったのに』

でも上手くいかなかった……と、頬を膨らめている。

いやいやいやいやいや。

じわりとした怒りが、ロゼッタの中にふつふつと湧き上がってくる。

「あなたがプリムを操っていたの⁉　私が闇属性だっていう理由だけで……‼」

『あら。理由なんて、それで十分じゃない』

光の妖精は、そう言って満面の笑みを浮かべた。

（私には、理解できないイキモノだ……）

ロゼッタはぐっと拳を握りしめる。

まさか、この異変の原因が自分の闇属性にあったなんて考えもしなかった。

光の妖精は、光属性の人物が大好き。

そのため、闇属性の人間が嫌いだし、特に光属性であるプリムの側にいるロゼッタが特に気に入らなかったようだ。

世界にあるのは光属性だけでいいとすら、思っているのだろう。

『仕方ないから、ここでヤっちゃうしかないわね』

ため息をついた光の妖精がパチンと指を鳴らすと、岩の壁の上から大量のウルフが飛びおりてきた。

しかも、パワーアップしているウルフが――ざっと見て五〇匹ほど。

「これは……まじで俺たちを殺しに来てるみたいだな」

「うん。でも、プリムたちを操ってるのが光の妖精だってわかったから……容赦しない」

「そうだな」

ロゼッタのひどく冷静な声に、レオも一言だけ肯定して剣を構える。

レオは向かってくるウルフたちをどう捌くか脳内でシミュレートをして――やめた。

「ロゼッタのところまでは絶対に行かせないから、頼むぞ！」

「――うん！」


レオはぐっと地面を蹴り上げ、本能のままにウルフに切りかかり、その攻撃を防ぐ。これだけ数がいるのだから、変に作戦を立てるより自分の直感を信じた方がいいと判断したのだ。

そして自分の役目は、ウルフをロゼッタの下まで行かせないこと。この一点につきる。

レオが襲い来るウルフの腹に蹴りを入れ、吹っ飛ばす。

右からくるウルフは剣で薙ぎ払い、左から来たウルフは剣の柄の部分で顎を突き上げた。絶え間なく襲ってくるウルフをレオは見事に食い止める。

(うわ、すご！　……って、感心してる場合じゃなかった！)

ロゼッタの役目は、ウルフの殲滅だ。

レオが身を挺して防いでくれているのだから、期待に応えなければいけない。生半可なことは絶対にしない。

ロゼッタはお気に入りのマナポーションを一気に飲んで、にんまりと笑う。

「いくよぉ……大技連発！　闇の妖精よ、嘆きの雨を降らせたまえ！　【ダークネスレイン】【ダークネスレイン】、もいっちょ——【ダークネスレイン】‼」

ロゼッタの魔法連打により、一面に黒の雨が降る。

その雨にウルフたちはなすすべなく、やられていく。

「うわ、やっぱりえげつない……」

『な、なによこの魔法に……威力！　あなた、ただの人間じゃないの⁉』

一瞬でウルフが殲滅されたのを見て、光の妖精が震えている。

ハッ、笑わせないでほしい。

ロゼッタを本気で殺そうとするならば、ウルフなんて弱っちいモンスターを連れてこないでいただきたい。

今まで乗り越えてきたロゼッタレベリングの方が、何倍も過酷というものだ。

「ただの人間ですよ？」

ただちょーっとだけ、死亡フラグは高いですが。

ロゼッタがにこっと笑って見せると、光の妖精はたじろいで一歩後ろへ下がった。どうやら、ロゼッタに恐怖を感じたようだ。

『こ、こうなったら……あなたたち！　私のために戦いなさい‼』

「「――っ⁉」」


光の妖精の呼ぶ声で現れたのは、ルイスリーズ、カイン、プリム、ラインハルト、リュートの五人と森の外でお留守番中のネロだ。

ずっと探していた仲間は、どうやら光の妖精の手中に落ちていた。


「ルイ！」

「ロゼッタが捜してた仲間か？」

「そうです」

やっと見つけることができたけれど――みんなの目は、光の妖精に操られているためどこかうつろげだ。

（どうやったら元に戻せるんだろう？）

ロゼッタが使えるのは攻撃魔法だけなのでみんなを元に戻すことはできないし、戻し方もわからない。

セオリーを考えると、光の妖精を倒すとかだろうか。

（……光の妖精を倒したら、どうなっちゃうんだろう）

また新しい光の妖精が生まれるのだろうか？　それとも世界から消滅し、光属性の魔法などが一切使えなくなってしまうのだろうか。

――わからない。

（頭を使うのは、あんまり得意じゃないんだけど……）

とりあえず、光の妖精に一撃入れてから考え――


「ロゼッタ！」


ふいにレオの声が響き、ロゼッタは条件反射で一歩後ろに下がる。

「ルイ!?」

光の妖精に【ダークアロー】をお見舞いしてやろうとしていたら、ルイがロゼッタに切りかかってきた。

咄嗟に杖で身を庇おうとすると、それより先に割って入ってきたレオがロゼッタの前に立ちルイの剣を受けた。ガキンと鈍い音がして、重い攻撃だということがわかる。

「おいお前！　ロゼッタは仲間だろう⁉　操られたくらいで、攻撃なんてするんじゃない‼」

「――っ！」

レオの喝で、ルイスリーズが一瞬ゆらぐ。

「ルイ‼」

どうやら、完全に意識を支配されているわけではなさそうだ。これなら、ロゼッタでもルイスリーズたちを元に戻せるかもしれない。

「ルイっ‼」

ロゼッタもルイスリーズに呼びかけ、同時に光の妖精へ向けて【ダークアロー】を――というところで、今度は短剣を持ったカインがロゼッタの前に立った。

その横には、ネロもいる。

「カイン、ネロ⁉」

ルイスリーズもカインも、もちろんネロも……戦闘力はずば抜けて高い。ロゼッタと一緒に冒険をしてレベリングしたのだから、当たり前だ。

普通に相手をしたって、特に魔法使いのロゼッタでは――勝ち目はない。

（どうする……⁉　【ダークレイン】を連続して使って広範囲に攻撃をすればワンチャンあるかもしれない、けど――）

仲間を攻撃するなんて。

闇属性である自分を受け入れて、仲良くしてくれたルイスリーズとカイン。プリムたちだって、自分のことを嫌悪しない。

（みんな、私の大切な仲間で――友達だ）

カインが手に持っていた短剣をおろして、こっちを見た。

「ロゼリー、俺たちみたいな闇属性は存在していたらいけないんだ。この力で……多くの人を傷つけてしまう」

「――!?」

カインの言葉に、ロゼッタの心臓は大きな音を立てる。

ロゼッタはゲーム知識があるので、カインが闇属性で魔王だということは知っている。しかし今まで、カインが自分のことを闇属性だと言ったことは一度もない。

つまり、ルイスリーズも誰も、カインが闇属性だということは知らないのだ。

踏み込んではいけない領域の、秘密だ。

（カインが言いたくないことを言わせるなんて、最低だ）

光の妖精への怒りが、先ほどよりも大きくなる。

もう容赦なんてしてやらない。

絶対だ。

今決めた。


しかし操られたままのカインは、言葉を続ける。

「ねえ、ロゼリー。世界平和のために一緒に死のう？」

『わうぅ』

「――！」

なんの感情もこもっていない瞳。

きっと今は、ロゼッタも、ほかの仲間も、映ってはいないのだろう。

「闇属性だから死ぬ？　そんなの、お断り！　もちろん、カインのことだって絶対に死なせないし、助けてみせるって決めてる!!」

「……っ、でも！　俺たちは闇属性――」


「闇属性が悪い理由なんて、一個もない!!」


ロゼッタが声を荒らげると、カインの体がびくりと跳ねた。

（カインを助けるために、私ができることをする！）

すうっと深く息を吸い、ロゼッタはその視線を光の妖精へ向ける。

「光の妖精に攻撃魔法が届かないなら、届くまで撃てばいいのよ」

ロゼッタは杖を力強く握りしめて、ぶつぶつと呪文を詠唱する。一回だけではなく、何度も何度も。

今まで試したことのない領域に、足を踏み入れる。

（みんなには当たらないように、【ダークアロー】の出現位置を調整する）

できるだろうかと不安になるが、やるしかない。

ロゼッタは今まで、自分の近くに【ダークアロー】を出現させていた。

しかしそれは意識していなかったからで、もしかしたらほかの場所に出現させることもできるのでは？　と、考えたのだ。

精神を統一させて、いつもと違う場所に。

（かなり集中力がいる……っぽいけど、できる！）

ロゼッタの額に汗が浮かび、その大変さを物語っている。

「そんなことさせない！　お前たち、ロゼリーを取り押さえろ‼」

一瞬フリーズしていたカインが、プリムたちに声をかけた。すると、ロゼッタを押さえ込もうとしていっせいに覆い被さってくる。

カインが言った通り、のしかかって押さえ込むつもりのようだ。

プリムたちにのしかかられて、ドンと地面に倒れこむ。

「――っぐ！」

「これでもう魔法を使うのは無理でしょ？　観念して、さっさと殺されちゃいなよ」

「嫌でーす！　もう魔法は完成したから、大丈夫。すぐに助ける！」

ロゼッタは押さえ込まれたまま、大きく息を吸う。

「私を怒らせたこと、後悔してもらうから――【ダークアロー】【ダークアロー】【ダークアロー】【ダークアロー】【ダークアロー】」

『な――っ！』

奥にいた光の妖精が声をあげた。

彼女をぐるりと取り囲むように、闇の矢が現れたからだ。今からではルイスリーズやカインに助けを求めても間に合わないだろう。

『やめ、やめなさい……っ‼』

「いけ」

ロゼッタが悪い笑みを浮かべて【ダークアロー】を放つ。それがすべて光の妖精に命中すると、

『ギャアアァァァッ』という断末魔のような声をあげた。

「はぁ、は――――、やった……かな？」

ロゼッタが大きく息をつくと、ふっと自分の上にのしかかっていたプリムたちが軽くなった。

「みんな、大丈夫⁉」

「………？」

見ると、寝ぼけたような状態になっているようだが……もう操られているような様子はないし、目つきもいつも通りに戻っている。

「よ、よかったぁ〜〜！」

ほっと安堵し、ロゼッタは自分の鞄に手をかける。

「うぅ、マナが……マナポーション、マナポーション……」

最大限の集中力に、大量の【ダークアロー】をお見舞いした結果、どうやらいつも以上にマナを消費してしまったようだ。

（慣れないことしたからかな？）

一気飲みして、「ふはーっ」と酔っ払いの親父みたいな息をはく。

「とりあえずここは大丈夫として、レオとルイは――――っ⁉」

――しかし次の瞬間、大きな光に包まれる。

ロゼッタが周囲の確認をしようとしたら、『グルオオォォォ』という雄たけびが響く。地面が揺れ、木々が震えている。

何かよくないことが起きたのだということは、一瞬でわかった。

見ると、倒したとばかり思いこんでいたが……光の妖精がいた場所が強い光を発している。

（しまった！　反撃が来るのかもしれない）

どうにかして【ダークアロー】で攻撃を相殺――とロゼッタが考えたところで、その光の中から光竜が飛び出してきた。

金色に輝く鱗に、頭上には大きな花が咲いている。

長く巨大な体は威圧を放っており、ピリピリした空気を肌で感じる。

今まで出会ったどんなモンスターよりも、強敵だというのがわかってしまう。


「って、花⁉　もしかして、光の妖精が竜になった……ってこと⁉」

これはやばい、どうしよう。

ロゼッタは冷や汗が止まらなくなる。

きっと先ほどまでの可愛い姿は仮の姿で、光竜こそが光の妖精の真の姿なのだろう。こんなところまで死亡フラグを立ててくるとは……ぐぬぅ……と、ロゼッタは視線が泳ぐ。

「これ、結構やばくないか？」

「やっぱりいぃ⁉」

やってきたレオも目が泳いでいて、「俺ここで死ぬのかな」と言っている。けれど、ロゼッタはその答えを知っている。

「いや、死なない！」

「ロゼッタ……」

「なぜなら死ぬとしたら私だけだから！」

「なんで‼」

「なんでって言われても……なんでもなんだよ」

ここが乙女ゲームであるならば、プリムを始め、攻略対象キャラクターのレオが死ぬことはないだろう。

カインも魔王として後々登場しているので、ここで死ぬとは考えにくい。

つまり死んでもいいキャラクターは、悪役令嬢ロゼッタだけだ。彼らは悪役令嬢と違って、シナリオに生かされている。

――って考えてはみたけど、レオに肩を掴まれた。

「――――！」

「馬鹿！　自分の命をぞんざいに扱うようなことはするな！　ロゼッタのことは、必ず俺が守ってみせるから！」

「レオ……」

その言葉に、少しだけ心臓が速くなるのを感じる。

（悪役令嬢なのに、攻略キャラクターから守るとか、言われちゃった）

ロゼッタの表情が、自然と緩む。

「ふふっ、ありがとうレオ！　なんだか頑張れる気がしてきた‼　よーし、気を取り直していきますか！」

自分の生死なんて、考えてもどうしようもない。

それよりも今は、光竜をどうにかすることの方が先決だ。

「私のことはおいといて、光竜は絶対に倒さないと」

（とはいえ、負ける気はないけど――）

ロゼッタが光竜を睨みつける。

マナポーションはまだたくさんあるから、上級魔法の連発だってできる。けれどまずは、光の妖精――もとい光竜が、どれくらい強いのか確認する。

「闇の妖精よ、影から闇を作り出せ！　【ダークアロー】」

ロゼッタの闇の矢が、光竜に直撃する――が、金色の鱗に弾かれてしまって傷一つついていない。

「わぉ……」

レオも光竜にロゼッタの攻撃が全く効いていないのを見て、頬をひきつらせている。

これはかなーり、やばい状況かもしれない。

「ロゼッタ、俺が前に出るから援護してくれ」

「――――！　わかった、お願い！」

レオが剣を構えて一歩前に出ると、「待て」とルイスリーズの声が耳に届いた。

見ると、頭を押さえながらも……しっかり自分の足で立つ、いつものように凛とした瞳のルイスリーズがそこにいた。

カインたちはまだ覚醒していないようで、ぼーっとしている。

「ルイ！　大丈夫⁉」

「まだ若干……頭にもやがかかってるような気はするけど、弱音なんてはいてる暇はないからな」

婚約者の危機に、そんなことは言っていられない。

ルイスリーズは、光竜に目をやる。

「それで、あいつはなんだ？　今日起きてからのことを、ぼんやりとしか覚えてない。俺は……どうしてた？」

現状を把握しようとしているルイスリーズに、ロゼッタはどうしたものかと悩みつつ、とりあえず現状で最低限必要なことを話す。

「あのドラゴン、光竜は――光の妖精だよ。闇属性が大嫌いで、私を殺したいみたい」

「……なるほど」

ロゼッタの説明を聞いて、ルイスリーズは「まいったな」と苦笑する。

「俺たちは妖精の力を借りて魔法を使ってるんだから、存在しているのだろうと思ってはいたが……まさかこんなに身勝手だとは思わなかった」

さらに敵対することになるなんて、考えたこともない。

どこかで、妖精は自分たちの味方だと思っていたからだ。それは魔法を使うすべての人が感じていたことだろう。

わずかに沈黙が流れたが、ロゼッタはすぐに思考を切り替える。

（とりあえず、中級魔法を使って様子を見よう）

「闇の妖精よ、黒き疾風を【ダークストーム】！」

ロゼッタが【ダークストーム】を使うと、光竜は翼を広げ風を起こしてそれを防いだ。どうやら、直撃は避けたいらしい。

（なるほどね）

つまり、中級以上の魔法であれば効くということだ。

しかし決定打になるかどうかは――わからない。

ロゼッタはマナポーションを飲んで、息をはいて気持ちを落ち着かせる。

ルイスリーズとレオは、光竜に向かって駆けていく。

ロゼッタは二人との連携を取って魔法を使っていかなければいけないので、さらに集中力が必要だ。

（でも、きっとあの二人なら大丈夫）

——そう、思っていた。


剣を振り上げ特攻したレオが、光竜の尻尾に吹っ飛ばされた。

ルイスリリーズはどうにか剣で防いだけれど、押されているのは一目瞭然で。光竜は、想像以上に強い。

「様子見なんてしてる場合じゃなかった……！【ダークネスレイン】！」

ロゼッタが上級の闇魔法を使い、攻撃を試みるが——光竜の頭上にバリアが現れて、それを防いだ。

「「「——っ！」」」

さすがにこれは、驚きを隠せない。

『ギャオォォ！』

光竜の頭に生えた花から一本の閃光が、ロゼッタに向けて発射された。

やばい——と、その三文字がロゼッタの脳裏に浮かぶ。

なのに世界はスローモーションのように見えて、これが死の間際かもしれないとロゼッタはぼんやり考えてしまう。

逃げなきゃいけないのに、体が動かない。

そのとき、ルイスリーズの声が空気を揺らす。

「ロゼリー‼」

「――あ、っ！」

（あきらめちゃ駄目だ！）

ロゼッタはすんでのところで横に飛び、直撃を免れた。

「……っ！」

やられたのは、右腕だ。

じんじんと熱を持つ痛みで、一瞬意識が飛びそうになる。もしかしたら、一瞬は三途の川の手前くらいに行っていたかもしれない。

ぼたぼた垂れる血に、どうすればいいかわからなくなる。

「もしや私、ここで死ぬ……？」


「馬鹿！　俺が死なせたりしないから、そんな弱音をはくな‼　【ヒール】‼」

ぽつりと呟いたロゼッタの言葉に、すぐさまルイスリーズが魔法を使った。しかし一度では治りきらなくて、何度も。

自分だって、光竜にやられて辛いはずなのに。

「ルイ！　私はもう大丈夫だから、まずは自分の怪我を――」

「【ヒール】……。お前の怪我は俺が治すって、前に約束しただろ」

「――ルイ」

ルイは自分の怪我も酷いのに、ロゼッタを優先して回復してくれた。

「ありがとう。あとはポーション飲むから、もう大丈夫」

ロゼッタはポーションを飲んで怪我を完治させ、杖を構えたところで――『みっ』という鳴き声が聞こえた。


「み？」

いったい何事だと、ロゼッタは声の発信源を探すために視線を動かすと、真上からさっき怪我を治してあげた――黒いうさぎが降ってきた。

11 ✦ ロゼッタ怒りの一撃

黒うさぎはくるくるっと綺麗に回転しながら落下すると、ロゼッタの杖の先端に着地した。

もふもふの長い耳に、真っ黒な毛。背中には星の模様が入っていて、瞳はロゼッタと同じ赤色。

やはり先ほど出会った黒うさぎで間違いないだろう。


愛らしいその姿に、緊迫したシーンだというのに思わずきゅんとなってしまう。

「――って、ここは危険だから駄目だよ‼」

黒ウサギをすぐ安全なところに避難させなければと、ロゼッタは慌てる。しかし黒うさぎはそんなことは全く気にしていないようで、涼しい顔をしている。

『ボクの愛し子がピンチだったから、助けに来たんだ』


――ん？

可愛い声に、ロゼッタはぱちくりと瞬きをして黒うさぎを見る。

いやいやいや、喋るわけがない。

そう思うのだが、それより先に黒うさぎの言った言葉の方が気になってしまった。

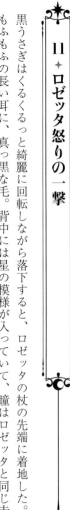

「愛し子？　って、私……のわけはないか」

悪役令嬢の自分にそんな要素はないと、ロゼッタはすぐに結論づける。

可能性があるとすれば、王太子のルイスリーズか魔王のカインだろう。プリムの光属性の妖精は光竜になって大暴れしているから除外だ。

ロゼッタがそう考えていると、黒うさぎはぽかんとしたのち、音速でツッコんできた。

『いやいやいやいや、君だよ』

「えっ⁉」


『ボクは闇の妖精だよ！』

「えええええええええええぇぇぇぇっ⁉」


ロゼッタは大声で驚いた。

だってまさか、光の妖精だけでなく闇の妖精とも会えるなんて思ってもみなかったからだ。自分の属性の妖精に会えたことが、とても嬉しい。

しかし同時に、ロゼッタは身構える。

（妖精って……みんな光の妖精みたいじゃないよね？）

もし闇の妖精もぶっとんだ思考だったら……と、ロゼッタは冷や汗をかく。しかしすぐ、それが杞憂だとわかる。

『光の妖精は、自分本位なんだ。この地の力を自分に取り込んでるから、大地はあまり豊かじゃない。そんなこと、あっちゃいけないのに』

闇の妖精の言葉に、ロゼッタは目を見開く。


――この地は豊かではない。


その言葉には、思うところがあった。

それは、ロゼッタもこの地に来てから見た人々や、川や畑などの状況だ。水の量が少なく、畑も王都近郊のものより実りが少なかった。

単に今年は気候悪いのかなと……そんな風に考えていたが――まさか、そんな原因があったなんて知らなかった。

『だからボクは、彼女を止めたい……力を貸してくれる？　ロゼッタ』

「――もちろん！」

赤色のつぶらな瞳に見つめられて、ロゼッタはすぐに頷いた。

というか、そんな事実を教えられてしまったら協力するしかないし、ロゼッタも光竜を倒すことができるので一石二鳥だ。

『闇の妖精ノワールの名において、ロゼッタに闇の祝福を与え契約をする！』

「――っ！」

闇の妖精の黒うさぎ――ノワールが契約の言葉を終えると、ロゼッタの体が一瞬だけ淡く光った。どうやら、無事に契約ができたようだ。

ノワールはニッと笑う。

『ロゼッタ、これで君はボクの力の一部を使うことができるよ。力が溢れているのがわかる？』

「――わかる」

いつもより、自分の中の魔力が熱い。

そして脳裏に、呪文が浮かぶ。

ノワールの力の使い方が、解るのだ。

（こんな感覚は初めて。だけど……今ならなんでもできちゃいそう）

ロゼッタはゆっくり息を吸って、光竜を見る。

「ノワールの闇にかしずく我に、その力を与えたまえ。闇の妖精よ、嘆きの雨を降らせたまえ！

【ダークネスレイン】」

ロゼッタが力強い言葉を発すると、いつもより一回り広い範囲で黒き光が降り注いだ。それは光竜が張ったバリアを貫き、その体にダメージを与える。

『グアアァァ！　なっ、人間ごときが！　ノワールの力を得て魔法を増幅したから！」

「それは、私がノワールの力を得て魔法を増幅したから！」

通常の魔法の呪文の前に、ノワールに対する呪文を唱えることで、使う闇魔法をパワーアップすることができるというもの。

それだけで、魔法の威力は数倍にも跳ね上がる。

「よくも私の大切な仲間を操ってくれたな！　もういっちょ、【ダークネスレイン】‼」


ロゼッタの渾身の一撃により、光竜は倒れた――。


「ふう」

これにて一件落着だ。

ロゼッタがみんなの様子を見ようとすると、背中にドン！　という衝撃と、温かいぬくもりが伝わってきた。

振り向くと、プリムが抱きついてきていた。

「プリム？」

「ロゼッタ様……私、操られていたなんて……ごめんなさいっ‼」

見ると、プリムの顔は涙でぐしゃぐしゃになっている。

戦闘の途中で意識を取り戻すも、何もできなかった不甲斐ない自分に腹が立っているのだろう。自分がもっと強ければ操られなかったのに、と。

「謝らないでよ。プリムはなんにも悪くないんだから」

ロゼッタはハンカチを取り出して、プリムの顔を拭いてあげる。これでは、可愛い顔が台無しではないか。

「でも……っ、私がもっと強かったら操られることもなかったかもしれないのに……っ！」

力不足でごめんなさいと、プリムは悔しそうに表情を歪める。

「そんなことないよ。私こそ、もっと早く助けてあげられなくてごめんね。仲間なのに」

ロゼッタもプリムをぎゅっと抱きしめて、背中を優しく撫でてあげる。すると、プリムの抱きつく力が強くなった。

「ロゼッタ様は、私たちのことをちゃんと助けてくれました。ありがとうございます、私、ロゼッタ様に仲間だって言ってもらえて……すごく嬉しいです」

「うん！　私もプリムが仲間ですごく嬉しい」

プリムのお礼の言葉に、ロゼッタは笑顔をみせた。

『わうっ』

「ロゼリー、怪我は？」

「ネロ、カイン！　ありがとう、怪我は大丈夫。魔法を使いすぎて、ちょっと疲れてるだけだよ」

カインは心配そうな表情で、ネロはロゼッタの足に顔をぐりぐり擦りつけてきた。ネロなりに、ロゼッタを気遣ってくれているのだろう。

「カインこそ、怪我は？」

「俺は大丈夫だよ。ルイたちも――って敬語、忘れてた」

「緊急事態だからねぇ」

今ばかりは仕方がないと、ロゼッタは苦笑する。

（とりあえず、みんな無事でよかった）


――さて。

光の妖精を無事に倒したと思ったのだけれど、気づいたら消えていた。

ノワール曰く、力の大半を失って回復のために隠れたのだろうということだった。ちなみに、この回復には数百年単位の時間がかかるそうだ。

ロゼッタが生きているうちは、再び出会うことはないだろう。

（願わくば、反省もしてくれますように……）

望みは薄そうだと思いつつも、そう思わずにはいられない。

（そうだ、結構魔法を使ったしマナポーション飲まないと）

ロゼッタが鞄からマナポーションを取り出そうとしたら、足がふらついてしまう。

（あれれ？）

――倒れる。


そう思ったロゼッタはぎゅっと目をつぶったのだが――いつまで経っても衝撃はこなかった。

なぜだ？　と恐る恐る目を開くと、ルイスリーズが支えてくれていた。

「お前なぁ。体調悪いだろ？　光竜……光の妖精か。いなくなって安全そうだから、無理しないで少し休め」

「え？」

ルイスリーズの言葉に、ロゼッタはぽかんとする。

別に体調なんて悪くないし、サバイバル演習中だって元気いっぱいだった。念のため自分のおでこに手を当ててみたが、熱もない。

「あはは、何言ってるのルイ」

「それはこっちの台詞だ。いつもよりマナポーションを飲む回数が多い……ってか、早かったからずっと気になってたんだよ」

「――――！」

確かに思い返せば、いつもよりマナポーションを飲むペースが速かった。レベルも上がって、必要なマナポーションも減ったというのに。

今度からはマナの減り具合もチェックしようとロゼッタは思った。

（そうか……私、体調悪かったのか）

ルイスリーズに言われると、そうだったかも……と、段々実感してしまった。

みんなに睨まれたとき逃げだしてしまったのも、もしかしたら体調が悪くて少し弱っていたのかもしれないとロゼッタは思う。

すると、ノワールがロゼッタの頭にぴょんと乗ってきた。

『ロゼッタの調子が悪かったのは、光が悪影響を与えていたからだろう。でも、今はその影響力も薄れていってるから、少し休めばよくなるよ』

「あー！　なるほど！」

状態異常の光の呪いとは、光の妖精のかけたものだったようだ。

（もしかしてもしかしなくても、光の呪いのせいで体調が悪かったのか……）

なるほどなるほど、謎が解けたぞと少しスッキリする。

ロゼッタは光の妖精に直接だけではなく、じわりじわりともダメージを負わされていたらしい。

やれやれと肩の力を抜いてルイスリーズに寄りかかる。

「ありがとうね、ルイ」

「――！　別に、これくらい。仲間なんだし、何かあれば頼ればいいさ」

「うん」

ルイスリーズの言葉に、ロゼッタは満面の笑みで返事をした。

そんな二人を、カインたちは少し離れたところから見ていた。

最初に言葉を発したのは、すぐさま二人のいい雰囲気を察知しロゼッタの下を離れたプリムだ。

「なんだかいい感じですね、お二人ともっ！」

「本当にねぇ」

しかしその相槌をレオが打ったため、一気に視線の矛先はレオに変わった。


「「誰？」」


「え？　そういえば、ちゃんと自己紹介してなかったな。俺は勇者のレオ、よろしく！」

レオは自己紹介をして、ロゼッタと森の中で会ったいきさつなどをカインたちに話した。

気になっていた異変も、光の妖精がいなくなったことによりなくなったので一安心だと言うことも付け加えて。

話を聞いたカインは、頭が痛くなった。

「なんというか……はぁ。今回は授業の一環だっていうのに、大変だったね」

もうこりごりだと言うカインに、リュートが「ちょっと待った」と声をあげた。

「しかしよく考えてみてくれ、私たちは妖精に出会ったんだ。魔法の原理を司る妖精、私は、私は……っ！」

「落ち着け、リュート！　お前が魔法大好きなのは知っているが、喜ぶのは後にしておけ！」

光の妖精に操られ、あまつさえロゼッタを殺しそうになったことを忘れたのか!?　と、ラインハルトが慌てながらリュートに説いている。

「もちろんっ！　それはわかっているんだが……世界の真理に触れてしまったかのような、そんな高揚感もある。私は今までよりもずっと、魔法の可能性を感じることができたんだ。光の妖精はもういないけれど、ロゼッタ嬢と一緒にいるのは闇の妖精だろう？　これは是が非でも語りあい……いや、話を聞かなくては‼」

「落ち着け‼」

ラインハルトの二回目の落ち着けと同時に、リュートは肩を掴まれてハッとする。

「あー、すまない。魔法関係は、どうしても白熱してしまいがちだ」

「まあ……お前の気持ちもわからなくもないがな。ただ、妖精は理想とかけ離れていた……ということはわかった」

今後妖精関係で何かあれば、慎重に動いた方がいいということで全員の意見は一致した。


しばらく休んだロゼッタたちは、光の妖精の空間から出て『泉の森』へ戻ってきた。

すると、泉の周りに今まで咲いていなかった水色と白の花が咲いていた。小さな花が複数集まり咲くその姿は、とても可愛らしい。

「そういえば私たち、学園の課題でここに来てたんだった」

妖精たちの出現ですっかり忘れていたと、ロゼッタは苦笑する。

それはルイスリーズたちも同じだったようで、全員で顔を見合わせて笑った。

「課題だってあったからな」

「でも、これで達成だね。一番綺麗な花にしようっと！」

ロゼッタは光水の花の前にしゃがみ込んで、シャベルで周りからゆっくりと根を傷つけないように光水の花を採取した。


これで大変だった遠征課題も、終了だ。

12 ✦ 一件落着

無事に光水の花を採取し、課題は終わった。

普通の人であれば、このまま何事もなく拠点で平和に過ごすだろう。

しかし、この班はロゼッタの班だということを忘れてはならない。

まだサバイバル演習の時間が少し残っていたので……レオを交えてモンスターと戦い、最後は打ち上げ野宿パーティーをして楽しむことにした。

ということで、ロゼッタたちは森の入り口近くに拠点を作り、火を起こして動物を狩った肉と採取したキノコなどを使ってバーベキューを始めた。


果実水を一気に飲んだロゼッタは、酔っ払いのごとく絡むようにレオのところまで行って隣に腰かけた。

「ねえ、レオ！　すごく体を鍛えてますね⁉」

「勇者だからな！　腹筋は自慢だ」

食いつくようなロゼッタの問いかけに、レオは自信満々で服をめくって腹筋を見せてくれた。

六つに割れていて、思わず見入ってしまう。

「すごい……！」

そして自分のお腹を触って、腹筋のなさに絶望する。

「いいな、腹筋……」

「ロゼッタも鍛えればいいだろう？　女だからって、腹筋が割れないわけじゃないぞ？」

「……そうですね、わたくし頑張ります！　レオ、わたくしに剣技を教えてください」

「おお、任せろ！」

「やった〜〜〜〜！」

二人ともテンションが高いせいか、ぽんぽんと話が進んでいく。それを見ていたルイスリーズは、「ちょっと待て！」とロゼッタにストップをかける。

「それなら俺が教えてやるから！」

「え……でも、ルイ様は忙しいから……」

あんまり迷惑はかけられないと、ロゼッタは考えていた。

学園に、冒険者に、王太子をしている。正直、これ以上ロゼッタのことを見ている時間はないのでは……と。

その点、レオは自由な勇者。

時間に余裕があるので、剣を教えてもらうのにちょうどいい。報酬を支払えば、互いにｗｉｎ－ｗｉｎだ。

「大丈夫だよ。それに、同じパーティーの俺が見た方が効率もいいだろ？」

「そうですか……？」

　互いに譲りそうにない二人を見て、レオはぷっと噴き出した。

「なんだ、俺に妬いてたのか？」

「え」

「んなっ⁉　別に、そういうわけじゃない！　そっちの方が手間がないと思っただけだ」

——なんてルイスリーズは反論するけれど、耳が赤くなっている。レオの言ったことは、図星だったのだろう。

　レオはうんうん頷き、「わかるぞ」と口にした。

「ロゼッタはめちゃくちゃ強い魔法使いで、さらに闇の妖精とも契約した。これほど魅力的な女性は、そうそういないもんな。俺だって、ロゼッタに惹かれてる」

「レオ⁉」

　続くレオの爆弾発言に、ロゼッタは目を見開いた。しかしそれに待ったをかけるのはもちろんルイスリーズだ。

「そもそも、ロゼッタは俺の婚約者だ」

「えっ、そうなのか⁉」

　今度はレオが驚いた。

（そういえば、みんな名前くらいしか名乗ってなかったや）

ロゼッタは苦笑して、自分たちのことをレオに話した。

「王太子⁉　公爵家の令嬢⁉　騎士団長の令息に、宮廷魔術師の令息まで！　これは失礼を‼」

貴族だとは思っていたが、まさか王族だったとは！　と。

ロゼッタは先ほどのハイテンションが落ち着いて、いくぶんか冷静になった。

「そんな堅苦しくしなくて大丈夫ですよ。そもそも、レオだって勇者様ですし」

「光竜を倒した仲間みたいなものだから、気にする必要はないさ。それに、私も学生という身分だからな」

「ありがとう、二人とも。堅苦しいのも苦手だし、このままでいいって言ってくれるなら嬉しい」

ほっとした様子のレオに、ロゼッタとルイスリーズは「もちろん」と頷いた。


ロゼッタが飲み物の追加を取りに席を立ったら、ちょうどノワールがついてきた。

「あれ、どうしたのノワール」

『ロゼッタはボクの契約者になったから、伝えた方がいいかと思って』

「……！」

真剣な瞳のノワールに、ロゼッタは「ちょっとトイレ！」と言って少し拠点から離れた。これなら、誰もついてこないだろう。

きっと、ノワールの話は深刻なものだと……そんな予感がした。

『ありがとうロゼッタ。……実は、ロゼッタと行動を共にしている少年――カインのことだ』

「カインの？」

『驚かないで聞いてほしいんだけど……カインは、魔王なんだ』

「……うん」


ロゼッタが静かに頷くと、ノワールが目をぱちくりさせた。

『さすがにもう少し驚いてもいいと思うよ？』

「え、それ言うの？」

『だって、普通は仲間が魔王なんて言われたら驚くじゃないか』

なんとも調子を狂わせられると、ノワールは頬を膨らませる。

ロゼッタは元々知っていたので、あまり驚かなかった。

『まあいっか。それで、カインはボクが魔王を封印してるから平和に過ごせてるんだけど――魔王を復活させようとしてる奴らがいるんだ』

「――魔王信仰！」

『知っているなら話は早いね』

その話は、遠征課題が始まる前に聞いたものだ。

魔王を復活させようとしているなんてとんでもないと、ロゼッタは怒りを顕わにしたものだ。

そして潰してやりたい――とも。

（ノワールは平和を望んでくれているんだ）

ロゼッタはぐっと拳を握りしめ、まっすぐノワールを見る。

「大丈夫だよ、ノワール。私が魔王信仰をやっつけて、カインが魔王になることを阻止するから！」

『ロゼッタ……！』

「この世界を救う――なんて大それたことは言わないよ。でも、カインは私の大切な仲間だから、カインの平穏を脅かすような奴らは絶対に許さない！」

手掛かりはまだ何もないけれど、今のロゼッタには心強い味方がいるし、ある程度の権力や冒険者としての地位もある。

「私は死なないし、カインも助けてみせる！　だからノワールも、力を貸して」

『もちろん！　一緒に魔王信仰を阻止しよう』

「『おー！』」


光水の花を無事に採取し、野宿しつつ打ち上げを楽しんだロゼッタたちは無事に森の入り口まで戻ってきた。
とても長く、けれど充実した三日間だったなと思う。
（実はレベルも上がったしね）
これでもっと死ににくくなったと、ロゼッタはにんまりする。

ロゼッタ・フローレス（ロゼリー）
レベル97　HP6170／6170　マナ3860／3760＋100
契約◆闇の妖精ノワール
　闇魔法を増幅させることができる。
加護◆闇の妖精の加護
　すべてのデバフを受け付けない。
魔法◆初級闇魔法【ダークアロー】　消費マナ：5
　闇の矢を出現させ、ダメージを与える。
　中級闇魔法【ダークストーム】　消費マナ：15
　闇の風を出現させ、ダメージを与える。
　上級魔法【ダークネスレイン】　消費マナ50
　闇の雨を降らせ、ダメージを与える。

固有魔法【夜の化身】　発動時消費マナ：30
思い描いた化身を出現させる。出現させている間は、一分ごとに10のマナを消費する。
装備◆月夜と炎の杖
使用した属性の魔法に火が追加される。火属性の魔法を使用した場合は、威力が１・５倍になる。マナの総量＋１００。

ノワールと契約したので、その分も強くなっている。

呪文のひと手間はあるけれど、攻撃力が上がるのは嬉しい。

さらにデバフを受け付けないということは、もしロゼッタがルイスリーズたちのように操られそうになっても効かないということ。

そして光の呪いもすっかり消えて、絶好調だ。


「それにしても、ほかの生徒たちは……みんなボロボロですね」

カインがキョロキョロしながら周囲を見ている。

サバイバル演習は、ほとんどの生徒にとって初めての野宿だ。

全員クタクタになっているし、そもそも光の妖精がロゼッタを殺そうと森全体のモンスターを強くしたから……きっとスライムやフラワーラビットにも大苦戦しただろう。

申し訳ないと思いつつ、絶好のレベル上げの機会だったんだよ！　と、ロゼッタはいい笑顔を見せることしかできない。

「私たちが特殊すぎるんですよ……いくら学園に入学したとはいえ、貴族の令息と令嬢が野宿なんてしませんから」

「それもそうですね」

カインの疑問にはラインハルトが答え、それに納得したように頷いた。

「私たちの班は、すっごく快適でしたね！　野宿は初めてだったんですが、カイン様の作るご飯はとても美味しかったですし……」

プリムは野宿のことを思い出したようで、にこにこしている。彼女にとって、楽しいもので終わったのならよかったとロゼッタは思う。

「あ、それと！」

「ん？」

思い出したと言わんばかりに目を見開くプリムに、ロゼッタは首を傾げる。

「次に野宿するときは、絶対にハンモックを買おうと思いました！」

「プリムったら！」

いつぞやの自分とルイスリーズと同じことを言うプリムに、ロゼッタは声をあげて笑った。

生徒全員が森の入り口まで戻ってきたところで、ロージー先生がパンと手を叩いた。

「まずは、サバイバル演習お疲れさまでした。皆さんが無事に戻ってこられたことを、大変嬉しく思います」

ロージー先生は安堵の表情で、生徒たちを見回す。

約一〇〇人の生徒は、怪我をしている者もいたけれど、全員が治癒魔法で完治している。致命傷は負わなかったようだ。

「とはいえ、今回は不測の事態が多々あったと報告を受けています。それについては、学園側から国へ報告しますので、安心してください」

そう言ったロージー先生は、レオに目を向けた。今回、レオは勇者として異変の内容を学園側にいろいろ話をしてくれていた。

レオは軽く会釈をし、生徒たちを見る。

「俺は勇者レオ。偶然ここに居合わせただけだが、ここにいるルイスリーズ殿下の班と協力し、異変については解決した」

レオが経緯を説明すると、生徒たちから「おおぉっ」と歓声があがった。

みんな、強いスライムに苦戦し、どうにかウルフを倒す……というところまで行ったくらいだろうか。

自分たちが苦戦した異変の原因を解決したヒーローとして、キラキラした瞳でレオを見ているのがわかる。

しかしその視線は、すぐにロゼッタやルイスリーズにも向けられた。

（えっ、私も⁉）

班員ではあるが、さほど注目されることはないだろうと思っていたロゼッタは、視線を向けられてドキドキしてしまう。

悪役令嬢が、こんな人気者のような扱いをされていいのだろうか。

昔は――闇属性なので、忌避めいた視線を向けられることはよくあった。しかし今のように、尊敬のような対象にされたのは初めてなわけで。

（うわあぁぁ、落ち着かない‼）

めちゃくちゃそわそわして、体が揺れてしまう。

すると、ルイスリーズが「なんだ腹痛か？」とデリカシーのないことを聞いてきた。

「違うよ！　そうだとしても、言い方‼」

「場所が場所なんだから仕方ないだろ。んで、どうしたんだ？　レオが気になるのか？」

若干不機嫌そうに言うルイスリーズに、ロゼッタは首を振る。

「なんていうか、こんな注目されたのは初めてだなあと思って」

「そんなことか……でも、慣れないとな」

「ん？」

「だって、ロゼッタは将来王妃になるんだぞ？　今の何倍も、憧れの視線を向けられる」

「――――！」


ルイスリーズの言葉に、ロゼッタは頬を赤くして口を噤む。

まあ確かに、その可能性は否定できない。

（だけど私は、悪役令嬢なんだよなぁ）

ヒロインはいったい誰を選ぶのだろうと……今は恋の『こ』の字もなさそうなプリムを見て、はてさてどうなることやらとロゼッタは苦笑した。


「うぅ、またここに来ることになるとは思わなかった……」

ロゼッタはどんよりした表情で、屋敷を見上げる。

ここは――母の実家。

シャリリア領に来た際に挨拶へ来て、門前払いをされた場所だ。まさか帰りにも来ることになるとは、思わなかった。

「挨拶に来ましたっていう振りだけ、少しの辛抱だ」

「うん……。付き合ってくれてありがとうね、ルイ」

「婚約者だからな」

ルイスリーズは苦笑しつつ、シャリリア伯爵家の門を叩いた。

魔石を加工して作られた匠のシャンデリアのテラス室内で、ロゼッタは緊張で固まっていた。せっかくのふわふわのソファも、テーブルの上に並んだ美味しいケーキも、窓の外から見える美しい景色さえも、ロゼッタは何一つ楽しむことができないでいる。

というのも――応接室に通されてしまったからだ。

「どういうこと？　遠征前に来たときは門前払いだったのに……なんで今更迎え入れてくれるの？　意味がわからない……あっ、もしかして闇属性の孫は殺しておいた方がいいっていう結論になって、招き入れられたとか？　ルイ、私たち逃げないとやばいかもしれない」

「落ち着け」

呼吸を忘れる勢いで喋るロゼッタに、ルイスリーズは果実水を勧める。まずは喉を潤し、その激しい思い込みをなんとかしろと思っているようだ。

「いくら伯爵が闇属性を忌避しているからと言って、そんなことをするわけがない。というか、手練れの暗殺者数人を集めたくらいでは、私とロゼッタを殺すことは不可能だ」

だから冷静になれと、ルイスリーズに諭されてしまった。

「でも私、魔法は強いけど物理は弱いよ？」

ナイフが飛んできたら、刺さる自信がある。

ロゼッタがそう告げると、ルイスリーズはやれやれと肩をすくめた。

「私が守るから、いい子で座っていてくれ」

「――！　……はい」

ぽんと頭を撫でられて、ロゼッタは縮こまる。別にドキドキしたわけではなくて、たんに触れられたから落ち着かないだけだ。

（なんだか恥ずかしいというか、照れる）

ルイスリーズに聞こえてしまうかもしれないから、早くドキドキよ収まれとロゼッタは視線を下にずらした。


しばらく待っていると、ノックの音が響いた。

「――どうぞ」

ルイスリーズが返事をすると、年老いた男性が顔を出した。どうやら、シャリリア伯爵本人のようだ。

（この人が、私のおじいちゃん……ってこと？）

シャリリア伯爵は膝をつき、ルイスリーズとロゼッタへ敬意を示した。

「私はシャリリア伯爵家当主、ハウエル・シャリリアと申します。先日は門前払いをするという

「無礼、大変申し訳ございませんでした」

「――！」

素直に謝罪の言葉を口にした祖父――ハウエルに、ロゼッタは目を瞬かせた。

（だって、母方の祖父は闇属性を酷く嫌ってるはず……だよね？）

口をきくどころか、姿を見るのも嫌なのでは……と、ロゼッタは思う。それは、自分のことを見てひどく取り乱した母を覚えているからよくわかる。


ロゼッタの祖父、ハウエル・シャリリア。

落ち着いたダークブラウンのジャケットに身を包み、顎髭を生やした男性だ。

もう六〇歳になるだろうに、がっしりした体つきで、鍛えているのだということがわかる。

ルイスリーズは驚いているロゼッタを気にせずに、「理由はあるのか？」とハウエルに問いかけた。

すると、ハウエルは「何から話せばいいのか」と困った表情を見せた。冷たさがまったくないその様子を見て、ロゼッタも耳を傾ける。

「いやはや……自分でもどうして、ここまで闇属性を危険視していたかわからないんですよ。今はそうですね、頭にかかっていたもやが晴れた――というような感覚があります」

しかし言葉ではどうとでも言えると、ハウエルは力なく首を振る。

「我が伯爵家では、代々闇属性を忌避してまいりました。この世からいなくなればいいとすら、思っていたくらいです。ただ、どうしてそう強く思っていたのかと問われてしまうと――明確な理由はありません。闇属性はあってはならないものだと、そう自分の中に刻まれているような気がしています」

「……なるほど」

ハウエルの言葉を聞いて、ルイスリーズは口元に手を当てて考える。

おそらく、ロゼッタとルイスリーズの出した結論は同じだろう。

それは、泉の森にいた光の妖精が関わっていた可能性が大いに高い。

（それに、ノワールの話では……光の妖精が大地の力を自分に取り込んでいたから、この地は不作だと言っていた）

――つまり。

シャリリア伯爵領は光の妖精に大地のパワーを吸い取られていて不作で、さらに闇属性を嫌う暗示のようなものをかけられていた――ということになる。

それも、ずっとずっと……大昔から。

まとめると、怒りが込み上げて仕方がない。

ロゼッタが子どものころから闇属性を理由に母親に嫌われていたのは、元をただせばすべて光の妖精のせい、ということになる。

これでは全員が、光の妖精の被害者ではないか。

「大切な孫娘に、私はなんと酷い仕打ちを……謝っても許されるものではないとわかっているが……本当にすまなかった、ロゼッタ……」

力なく床に崩れるハウエルを見て、ロゼッタは慌ててソファから立つ。ハウエルだって、光の妖精の被害者なのに。

ロゼッタはハウエルの前へ行くと、そっと手を差し伸べた。


「おじいちゃん」

「――――！　こんな私でも、祖父だと思ってくれるのか⁉」

「きっと、悪い何かがいて……おじいちゃんをおかしくさせていたんだよ。今はもう、大丈夫なんでしょう？」

「あ、ああ……」

ハウエルはロゼッタの問いに力強く頷いて、ぎゅっとロゼッタの手を握った。

「温かいな……」

見ると、ハウエルの瞳からは大粒の涙がこぼれていた。

きっと、何年――いや、何十年もの時間を光の妖精のせいで台無しにされているはずだ。

ロゼッタが同じ立場にいたら、悔やんでも悔やみきれないだろう。

「これからはおじいちゃん……おじい様と、それからお母様も一緒に、みんなで楽しく過ごすことができたら嬉しいです」

そう言ってロゼッタが微笑むと、ハウエルは「ああ」と何度も返事をした。

「ありがとう、ありがとう……ロゼッタ」


無事に遠征課題の終わったロゼッタたちは、普段通りの学園生活が戻ってきた。一言で言うならば、とても平和に過ごしている。

遠征課題の評価はとてもよく、教師たちからお褒めの言葉もいただいた。来年の遠征課題も、今から楽しみなくらいだ。

「いやいや、ロゼッタ様……試験って知ってる？」

「え？」

学生生活を謳歌しそうになっていたロゼッタの耳に、カインの発した不穏な単語が届いた。そう――学期末試験だ。

えっえっえっえっ、もうそんな時期だっけ？　と、ロゼッタの顔が青くなる。

まあでも、入学試験で痛い目を見たので、まさかそんな。

学園が終わったらルイスリーズとカインと一緒に冒険者ギルドへ行き依頼をこなし、帰宅後筋トレをしてそのまま疲れ果て就寝――なんていう勉強の『べ』の字もない毎日は、断じて送っていない。

嘘です、すみません、送っていました。

「今日から依頼はお預け、みっちり試験対策の勉強かな……」

「そんなご無体な……！」

テキストを持つカインに、ロゼッタは首を振って詰め込むなんて不可能だとアピールをする。

しかし、カインは鬼コーチだった。

「将来恥をかくのはロゼッタ様と、その夫であり、国王であるルイスリーズ様だよ？　ロゼッタ様は、本当に試験勉強をみっちりやらなくてもいいと思っているのですか？」

いつもより早口なカインの言葉に、ロゼッタの脳がこれは怒らせてはいけない速やかに謝罪せよと警鐘を鳴らす。

「私が悪かったです。今日から寝る間も惜しんで勉強をします」

「ちゃんと復習すれば試験だってちゃんと点数取れるから、大丈夫ですよ」

「……うん」

テストに、筋トレに、冒険者に、やることがたくさんあってなかなかに大変だ。しかし、学園生活はまだ始まったばかりなわけで。

（生きて卒業できるのかな……）

なんて不安が、ロゼッタに付きまとう。

しかしぶんぶん首を振り、「そんな弱気は駄目！」と自身に活を入れた。

ちょうどホームルーム開始のチャイムが鳴って、ロージー先生とレオが教室に入ってきた。

（えっ、レオ？）

レオとはシャリリア領で別れたので、王都に行くということは知っていたが、学園で再会するとは思わなかったのでロゼッタは驚いた。

結局、剣の鍛錬はルイスリーズの空いている時間に見てもらっている。加えて、学園の授業でも鍛錬の授業はある。

ちょっとずつではあるが、ロゼッタも物理に強くなっていっている。

「さあ、皆さん席に着いて。ホームルームを始めますよ」

ロージー先生が手を叩くと、全員がすぐに集中した。

「遠征課題で知っていると思うけれど、勇者のレオさんよ。特別講師として学園に来ていただいたので、みなさん彼から多くのことを学んでくださいね」

レオ――勇者が特別講師ということで、教室は一気にざわめいた。

剣のセンスであれば、おそらく騎士でもそうそうレオには敵わないだろう。みんなその技術が欲しいし、令嬢はお近づきになりたい子もいるかもしれない。

「剣の扱いと、モンスターとの戦いの実践を教える。短期間だが、よろしく」

「「「よろしくお願いします！」」」

浮足立つみんなとは裏腹に、ロゼッタは嫌な汗が止まらなかった。

（攻略対象キャラクターが学園に大集合しちゃってる‼）

思っても見なかった展開に焦り、しかしかといって今更どうしようもできない。レオに学園には来るなと言っておけばよかったのだろうか。

（どうか生きて学園の卒業式を迎えられますように――――！）

ロゼッタは心の中で、そう叫ぶのだった。

13✦パーティーの目標について

「ぬおおぉっ」

「にじゅうご～」

「うぐぅ……っ」

「にじゅうろく～」

「ん～～っ」

ルイスリーズが二七を数える前に、ロゼッタは力尽きた。

何をしていたかというと、腕立て伏せだ。

「はぁはぁはぁ……もう駄目」

どうにもこうにも筋肉が足りない。

しかし、これでも最初のころに比べたら回数が増えているのだ。なので、できればたくさん褒めてほしい。

「三〇回まであと少しだな」

「うん」

ロゼッタは鍛錬場の床に寝転んで、大きく息をはいた。

筋トレが終わったら、ルイスリーズと剣の稽古だ。

稽古――と言っても、技を教えてもらうわけではない。
まずは素振りを行い、何度か打ち合いをする……という程度。というか、今のロゼッタではそれくらいが精いっぱいだ。

ぐったりしているロゼッタを見て、ルイスリーズは頑張っているなと思う。

「ロゼッタは魔法があるんだから、剣を覚える必要はないんじゃないか？」

「生きたいからっ」

「相変わらず重い理由だな……」

ルイスリーズはいつも思うけれど、ロゼッタはどうしてこうも自分が死ぬ前提で生きているのか。いや、もちろん人はいつか死ぬのだけれど……。

（ロゼッタの場合は、直近で死ぬみたいなニュアンスだからかな）

やたら回復魔法を使える人を味方につけようとするし、この間は、ルイスリーズの婚約者なら最悪王城の医師にも診てもらえるよね……なんて言っていた。

――本当に、いったい誰に殺されるというのか。

「なあ、ロゼッタ」

「ん？」

「俺たちのパーティー、今後の目標は決めるか？」

そっと問いかけるようなルイスリーズの言葉に、ロゼッタは目を見開いた。どうやら、やりたいことはあるらしい。

「私、魔王信仰を潰したい！」

「――また、大きく出たな」

魔王信仰のことは、ルイスリーズも知っている。

とはいえ、詳しいわけではない。そういった組織のようなものがあり、魔王を復活させようとしていることくらいしかわからない。

昔からある信仰だが、その情報は闇に包まれている。

「うん。私はカインに教えてもらったんだけど、私たちの実力だと無理だって」

「……まあ、俺たちはまだガキだし、思ってるより力もない」

強さだけではなく、もっと確固たる立場もなければ難しいだろう。

魔王信仰を潰すのであれば、一番必要なのは情報だ。

「今の俺たちは、調べる術がない。Aランクだからギルドで聞いたらある程度のことは教えてくれるとは思うけど……」

ほしい情報はたぶん、ないだろう。

「そっか……やっぱり、そんなに難しいんだね」

ままならないなと、ロゼッタは苦笑する。

「でも、私はあきらめないよ！　魔王信仰を潰すのは、私の中で決定事項だから‼」

「またそんな無茶を！」

これは誰がなんと言って止めても無理だ。

ルイスリーズは笑って、「わかったよ」と返事をする。

「魔王信仰をどうにかしたいのは、俺だって同じだ。闇属性への忌避をなくすことにもつながってると思うからな」

「うん！　よかった、ルイが味方でいてくれて」

これだけで百人力な気分になると、ロゼッタは嬉しそうに拳を握って気合を入れている。

「そうとわかれば、とりあえず怪しいところを全部魔法で潰しちゃおうか！」

「待て待て待て待て」

どうしてロゼッタはこうも極端なのか。

作戦を立てなければ、感づいた相手に逃げられてしまうのが落ちだ。

「まずは冒険者ギルドでSランクを目指す」

「ほほう」

「Sランク冒険者なら、優秀な情報屋を紹介してもらえるはずだ。そこで情報を買って、魔王信仰の足取りを追う――たぶんそれが、一番現実的かな」

「なるほど〜！　情報屋、格好いいね！」

目がランランと輝いているロゼッタに、ルイスリーズは頭を抱える。

「いや、実際にやろうと思ったらめちゃくちゃ大変だと思うぞ？　Sランク冒険者なんて、英雄にでもならない限り無理だ」

今、Sランク冒険者という存在は何人くらいいただろうか。

世界あわせても、きっと片手の指で足りてしまうだろう。

「ついに私もSランクか……」

「いやいやいや、なれると決まったわけじゃないぞ⁉」

むしろ、一生Aランクにすらなれない冒険者の方が多いくらいだっていうのに。

(でもきっと、ロゼッタはSランクになっちゃうんだろうなぁ……)

もうレベル90を超えたというのに、いまだに上がっているのだから。

いったいいつまでレベルが上がるのだろうと、ルイスリーズ自身もちょっと怖いような楽しみなような、不思議な気持ちだ。

まあでも、ロゼッタと一緒に頑張るしかない。


「――ということで、我がパーティーの今後の目標が決まった」

冒険者ギルドで希少な薬草採取の依頼を受けたロゼッタたちは、その道中で今後の目標を共有していた。

ルイから説明を受けたカインは、「本気なの？」と頭を抱えた。ネロはそんなカインを心配そうに見て、すり寄っている。

「魔王信仰を潰す、なんて……無謀もいいところだよ。……でも、もう決めたんでしょ？」

「うん！　駄目って言われても、一人でもやるけど……」

「協力するから、絶対一人で動かないで」

ロゼッタは勢いで行動することが多々あるので、誰かが一緒じゃないと何をするかわからない。

「ありがとう、カイン！」

「いいよ、ロゼリーと一緒なら俺も強くなれそうだしね」

そう言って、最終的にカインは快諾してくれた。

薬草採取のために入った山の中、フラワーラビットが顔を出した。

「あ、私が倒すよ！」

ロゼッタが一歩前に出て宣言したので、ルイとカインは「どうぞ」と流れるように答えて――

ハッとした。

「待てロゼリー、なんで剣を構えてるんだ」

その言葉に、斬りかかろうとしていたロゼッタの体が止まる。

「え、剣術の向上のために？」

と言いつつ、ロゼッタには特に流派なんてないけれど。

ルイはどうしたものかと悩みつつも、相手はフラワーラビットであることから「頑張れ」とロゼッタを送り出してくれた。

「オッケー、いくぞ！」

大きく剣を振りかぶって――空振りに終わった。

「わっ、魔物を剣で斬りつけるのって、かなり大変じゃない⁉　ルイってすごいね‼」

「それはどうも」

「でも負けないよ！」

ロゼッタは何度も剣を振り回し、五振り目くらいでフラワーラビットを倒した。ドロップアイテムを拾い、一息つく。

「なんだか手がぷるぷるする……」

「ロゼッタが使ってる剣はレイピアとはいえ、杖と比べたら倍以上の重さはあるだろうからな。俺の剣なんて、もっと重いぞ？」

「え、どれどれ……」

ルイが自分の剣をさしだしてきたので、ロゼッタが受け取り――その重さに思わず腰が曲がる。

「え、待って、こんな重い剣を振り回して戦ってるの？　やばくない？」

「やばくない」

ロゼッタの真剣顔の問いに、ルイは笑って答える。

「目標は双剣使いだったのに！」

「なんだその目標は！」

「いやだって、格好いいなって……」

しかし剣がこんなに重いとあっては、それも夢のまた夢のようだ。


その後は魔法で戦い、依頼の薬草を採取して街へ戻った。


「ただいま〜」

冒険者ギルドで依頼の報告を終えたロゼッタは、まっすぐ屋敷へ帰ってきた。ここ最近は、ルイたちと食事をとらずすぐに帰宅しているのだ。

その理由は――

「あ、お……おかえりなさい、ロゼッタ」

ロゼッタのことを迎えてくれる人がいるからだ。

「ただいま帰りました、お母様」

そう、母親のアマリリスとの距離がぐっと近づいたのだ。

そもそも、アマリリスは実家からの圧力によって闇属性を忌避していたというのが大きい。実家の洗脳のようなものも、光の妖精を倒すことで解決している。

そのため、今はもうアマリリスを縛るものは何もないのだ。

(おじい様が、闇属性を忌避することはやめるってお母様に手紙を出してくれたんだよね)

さらに、たまには孫と一緒に里帰りでも……とも書かれていたらしい。

最初は困惑していたアマリリスだったけれど、ロゼッタから挨拶をしたり話しかけたりすることを増やした結果、こうしてちょっとずつ距離が近づいたというわけだ。

「ええと、夕食を一緒にとりましょう……？」

「はい！　すぐに着替えてきますね」

「ええ」

ロゼッタが返事をすると、アマリリスは安心したように頷く。

彼女もまた、今までロゼッタに酷い仕打ちをしてしまったことで、もう和解できないかもと不安だったのだ。

アマリリスに見送ってもらいながら、ロゼッタは自室へ行ってさっと着替えをすます。

『ロゼッタおかえり！』

「ただいま、ノワール」

部屋で迎えてくれたのは、闇の妖精ノワールだ。

今はロゼッタの部屋の一角に専用のベッドを置いて、そこでのんびりしていることが多い。ちなみに、使用人たちは本物のウサギだと思っている。

「ねえ、ノワール！　ルイとカインが魔王信仰をぶっ潰すのに協力してくれるって！」

『ロゼッタは女の子なんだから、ぶっ潰すなんて……もっと言葉遣いを気をつけなきゃ』

「えっ、あっ、はい……」

（なんか期待してた返事と違う……）

もうちょっと喜んでくれても……とロゼッタが思っていると、ノワールが頭の上に乗ってきた。

『でも、魔王信仰の問題に取りかかることはいいことだ。頼りになる仲間が協力してくれて、よかったねロゼッタ』

「うん！」

ノワールが嬉しそうに頭の上で跳ねるので、ロゼッタは笑いながら頷く。

自分が死ぬエンディングも、カインが魔王になるエンディングもお断りだ。

「絶対に負けないから、ノワールもよろしくね！」

『もちろんっ！』

ロゼッタは絶対にみんなでハッピーエンドを迎えるのだと、固く誓った。

本書に対するご意見、ご感想をお寄せください。

あて先

〒162-8540 東京都新宿区東五軒町3-28
双葉社　Mノベルスｆ編集部
「ぷにちゃん先生」係／「ひだかなみ先生」係
もしくは monster@futabasha.co.jp まで

Mノベルス

パーティーメンバーに婚約者《こんやくしゃ》の愚痴《ぐち》を言《い》っていたら実《じつ》は本人《ほんにん》だった件《けん》②

2021年11月16日　第1刷発行

著　者　ぷにちゃん

発行者　島野浩二

発行所　株式会社双葉社
〒162-8540　東京都新宿区東五軒町3番28号
［電話］03-5261-4818（営業）　03-5261-4851（編集）
http://www.futabasha.co.jp/（双葉社の書籍・コミック・ムックが買えます）

印刷・製本所　三晃印刷株式会社

［電話］03-5261-4822（製作部）
ISBN 978-4-575-24462-5 C0093　

決定！
パーティーメンバーに婚約者の愚痴を
マンガアプリ
「マンガがうがう」
より先行配信予定!!
がう

コミカライズ
言っていたら
実は本人だった件

Mノベルス

Muiko Kiyohiro
清弘むいこ
Illustration 花ヶ田
My uncle and I choose the life that will not be ruined.
転生叔父さまと私の軌道修正ライフ
わがまま公爵令嬢のミリエラは、7歳の時、彼女の叔父であるレオンから「自分は転生者で、この世界はゲームの中である」という荒唐無稽な話を聞かされる。まったく信じることのできなかったミリエラだけれど、レオンが「成長したミリエラは悪役令嬢になり、投獄され断罪される」と続けたものだからびっくり。私は悪役令嬢になんてなりませんわ！「絶対君を助けるよ」と言ってくれた叔父さまと一緒に、ミリエラは破滅回避のために軌道修正を行うことに――。

発行・株式会社　双葉社